Märchen von Hexen und weisen Frauen. Wer würde mit seinen Vorstellungen von Hexen, wie wir sie aus dem Märchen kennen, das Bild einer weisen Frau, einer Magierin, einer Zauberin und Seherin verbinden, die mehr als die anderen vom Werden und Vergehen des Lebens weiß, die die Geheimnisse der Heilkunst kennt, praktische Lebenshilfe gibt, die Zukunft weissagt und Schwachen zur Seite steht?
Die Herausgeberin erläutert die Tradition des Hexenbildes, schildert dessen Wandel und zeigt, wie es zum Verfall des Ansehens solcher außergewöhnlichen Frauen bis hin zum Bild der bösen, verdammenswerten und häßlichen Hexe in den Märchen unserer Zeit kam.
In drei Kapiteln wird die Vielschichtigkeit des Hexenbildes, wie es uns im Märchen begegnet, dargestellt.

Sigrid Früh, 1935 bei Ludwigsburg geboren, studierte Germanistik und Volkskunde in Tübingen und Zürich. Sie ist Märchenforscherin und -erzählerin. Sie lebt mit ihrer Familie in Kernen bei Stuttgart.
In der Reihe *Märchen der Welt* im Fischer Taschenbuch Verlag hat sie verschiedene Sammlungen herausgegeben.

Märchen von Hexen und weisen Frauen

****

Herausgegeben
und mit einem Nachwort
von Sigrid Früh

Fischer
Taschenbuch
Verlag

Originalausgabe
Veröffentlicht im Fischer Taschenbuch Verlag GmbH,
Frankfurt am Main, September 1996
Erweiterte Neuausgabe

Umschlaggestaltung: Thomas & Thomas Design, Heidesheim
Satz: Fotosatz Otto Gutfreund GmbH, Darmstadt
Druck: Clausen & Bosse, Leck
Printed in Germany
ISBN 3-596-13363-7

Gedruckt auf chlor- und säurefreiem Papier

Inhalt

****

Mythische Gestalten

Die Vernichtende und die Bedrohende

So wie der Glaube an Magie vorchristlichen Ursprungs ist, entstammt auch das Bild der bedrohenden und vernichtenden Zauberin aus dieser Zeit. Bezeichnenderweise wird der Negativaspekt der Zauberei den Frauen zugesprochen. So ist z. B. im Märchen ›Die Goldspinnerinnen‹ die Zauberkunst der Alten vernichtend und unheilvoll, während ein männlicher Zauberer als Retter auftritt.

Im Märchen ›Die schöne Hexentochter‹ werden alle negativen Eigenschaften der Mutter auf die Tochter übertragen, wie es zur Zeit der Hexenverfolgung üblich war.

Die Goldspinnerinnen

****

Ich will euch eine schöne Geschichte aus dem Erbe der Vorzeit erzählen, welche sich zutrug, als noch die Anger nach alter Weise von der Weisheit-Sprache der Vierfüßer und der Gefiederten widerhallten.
Es lebte einmal vorzeiten in einem tiefen Walde eine lahme Alte mit drei schönen Töchtern; ihre Hütte lag im Dikkicht versteckt. Die Töchter blühten gleich schönen Blumen um der Mutter verdorrten Stumpf. Am schönsten aber war die Jüngste. Doch in dieser Einsamkeit sah sie nur am Tage die Sonne und bei Nacht der Mond und die Augen der Sterne. Die Alte ließ die Mädchen nicht müßig gehen noch säumig sein. Vom Morgen bis zum Abend saßen sie, Tag für Tag, am Spinnrocken und spannen Goldflachs zu Garn. Den armen Mädchen wurde weder am Donnerstag noch am Sonnabend Muße gegönnt. Auch an ihrem Brautschatz durften sie nicht arbeiten. War die Kunkel abgesponnen, so wurde sofort eine neue aufgesetzt, und überdies mußte das Garn ganz besonders fein und gleichmäßig sein. Das fertige Garn verwahrte die Alte hinter Schloß und Riegel in einer geheimen Kammer, wohin die Töchter ihren Fuß nicht setzen durften. Von wo der Goldflachs ins Haus gebracht wurde, oder zu was für einem Gewebe die Garne gesponnen wurden, das war den Spinnerinnen nicht bekannt geworden. Niemals gab die Mutter auf solche Fragen Antwort.
Zwei- oder dreimal in jedem Sommer machte die Alte eine Reise, man wußte nicht, wohin. Zuweilen blieb sie über eine Woche aus, aber immer kam sie bei Mitternacht zu-

rück, so daß die Töchter niemals erfuhren, was sie mitgebracht. Ehe sie abreiste, teilte sie den Töchtern jedesmal für so viel Tage Arbeit aus, als sie auszubleiben gedachte.
Nun war wieder die Zeit gekommen, wo die Alte ihre Wanderung unternehmen wollte. Sie teilte auf sechs Tage den Mädchen Gespinst aus, und dabei schärfte sie ihnen ein: »Kinder, laßt die Augen nicht schweifen, und haltet die Finger geschickt, damit der Faden in der Spule nicht reißt, sonst würde der Glanz des Goldgarns verschwinden, und euch würde es böse ergehen.«
Die Mädchen verlachten diese mit Nachdruck gegebene Ermahnung. Noch ehe die Alte auf ihrer Krücke zehn Schritte weit vom Hause war, fingen sie alle drei zu höhnen an. »Dieses Verbot, das immer wiederholt wird, hätten wir nicht nötig gehabt«, sagte die jüngste Schwester. »Der Goldfaden reißt nicht beim Zupfen, geschweige denn beim Spinnen.« Die andere Schwester setzte hinzu: »Ebensowenig ist es möglich, daß der Goldglanz sich verliert.«
Nun ereignete sich am dritten Tag nach der Mutter Abreise ein unerwarteter Vorfall. Eines Königs Sohn war beim Verfolgen des Wildes von seinen Gefährten abgekommen. Er hatte sich so weit im Walde verirrt, daß er weder das Gebell der Hunde noch das Blasen der Hörner hörte. Alles Rufen fand nur sein eigenes Echo. Ermüdet und verdrießlich stieg der Prinz endlich vom Pferde, um sich im Schatten auszuruhen, während das Pferd sein Futter suchte. Als der Prinz aus dem Schlaf erwachte, stand die Sonne schon niedrig. Von neuem suchte er in die Kreuz und in die Quer nach dem Wege. Endlich entdeckte er einen kleinen Fußsteig, der ihn zur Hütte der lahmen Alten brachte. Wohl erschraken die Töchter, als sie plötzlich den fremden Mann sahen, desgleichen ihr Auge nie zuvor erblickt hatte.
Doch schnell freundeten sie sich mit dem Fremden an, so

daß sie über dem Erzählen gar nicht zur Ruhe gehen wollten. Als endlich die älteren Schwestern sich schlafen gelegt hatten, saß die jüngste noch mit dem Gast auf der Türschwelle, und es kam ihnen diese Nacht kein Schlaf in die Augen.

Die Jäger des Prinzen hatten lange nach ihm Ausschau gehalten. Unermüdlich durchsuchten sie den Wald nach allen Seiten, bis das Dunkel der Nacht dem Suchen ein Ende setzte. Dann wurden zwei von ihnen in die Stadt zurückgeschickt, um die traurige Botschaft zu überbringen, während die übrigen unter einer alten Fichte ihr Nachtlager aufschlugen, um am andern Morgen die Suche fortzusetzen.

Der König hatte gleich Befehl gegeben, am anderen Morgen ein Regiment zu Fuß und eins zu Pferde ausrücken zu lassen, um seinen verschollenen Sohn zu suchen. Drei Tage war die Suche schon im Gange, da entdeckte man endlich in der Frühe Fußspuren, die man verfolgte. So stieß man auf den Fußsteig, der zu jener Hütte führte.

Dem Königssohn war in Gesellschaft der Mädchen die Zeit nicht lang geworden, noch weniger hatte er Sehnsucht nach Hause gehabt. Als er sich verabschiedete, nahm er die Jüngste heimlich beiseite und gelobte ihr, daß er in kurzer Zeit wiederkommen und sie als seine Braut mit sich nehmen wolle.

Wie groß war aber die Bestürzung der jüngsten Tochter, als sie sich an den Rocken setzte und sah, daß der Faden gerissen war. Zwar wurden die Enden des Fadens im Kreuzknoten wieder zusammengeknüpft und das Rad rascher in Gang gebracht, damit die verlorene Zeit wieder eingeholt würde. Doch wie erschrak das Mädchen bis ins Herz! Das Goldgarn hatte seinen Glanz verloren! Da half kein Scheuern, kein Seufzen und keine Tränen, die Sache war nicht wiedergutzumachen.

In der Nacht war die Alte nach Hause gekommen. Als sie

am Morgen in die Stube trat, erkannte sie augenblicklich, daß hier etwas Unrechtes vorgegangen war. Sie entbrannte in Zorn. Sie ließ die Töchter eine nach der andern vor sich kommen und verlangte Rechenschaft. Mit Leugnen und Ausreden kamen die Mädchen nicht weit, und bald brachte die Alte heraus, was geschehen war. Nun fing sie an so greulich zu fluchen, als wollte sie Himmel und Erde mit ihren Verwünschungen verfinstern. Zuletzt drohte sie, dem Jüngling den Hals zu brechen und sein Fleisch den wilden Tieren vorzuwerfen, wenn er es wagen würde, noch einmal zu kommen. Die jüngste Tochter wurde rot wie ein gesottener Krebs. Sie fand Tag und Nacht keine Ruhe. Es lag ihr schwer auf der Seele, daß der Jüngling, wenn er zurückkäme, seinen Tod finden könnte.

Früh am Morgen, als die Mutter und die Schwestern noch im Schlummer lagen, verließ sie heimlich das Haus, um in der Taueskühle aufzuatmen. Zum Glück hatte sie als Kind von der Alten die Vogelsprache gelernt, und das kam ihr jetzt zugute. In der Nähe saß, auf den Wipfeln einer Fichte, ein Rabe. Das Mädchen rief: »Lieber Göttervogel, Klügster des Vogelgeschlechts, willst du mir zu Hilfe kommen?«

»Was für Hilfe begehrst du?« fragte der Rabe.

Das Mädchen erwiderte: »Flieg aus dem Walde heraus übers Land, bis du in eine prächtige Stadt mit einem Königssitz kommst. Suche dort den Königssohn und sage ihm, was für ein Unglück mir widerfahren ist.«

Darauf erzählte sie dem Raben die ganze Geschichte, auch von der Drohung der Mutter. Und sie sprach die Bitte aus, daß der Jüngling nicht zurückkommen möchte. Der Rabe versprach, den Auftrag auszurichten, wenn er jemand fände, der seiner Sprache kundig wäre, und flog sogleich davon.

Die Alte ließ die jüngste Tochter nicht mehr am Spinnrocken Platz nehmen, sondern hielt sie an, das gesponnene

Garn aufzuwickeln, und das ewige Fluchen und Zanken der Mutter ließ ihr von morgens bis abends keine Ruhe.
Gegen Abend rief der Rabe vom Fichtenwipfel her »Krah, krah!«, und das gequälte Mädchen eilte hinaus, um den Bescheid zu hören. Der Rabe hatte glücklicherweise in des Königs Garten eines Windzauberers Sohn gefunden, der die Vogelsprache verstand. Ihm erzählte der schwarze Vogel die anvertraute Botschaft und bat ihn, dem Königssohn alles mitzuteilen.
Als der Gärtnerbursche dem Königssohn alles erzählt hatte, wurde diesem das Herz schwer, doch beriet er sich heimlich mit seinen Freunden über die Befreiung der Jungfrau.
»Sage dem Raben«, so unterwies er dann des Windzauberers Sohn, »daß er eilig zurückfliege und der Jungfrau sage: Sei wach in der neunten Nacht, dann wird ein Retter kommen.«
Zum Lohn für den Auftrag erhielt der Rabe ein Stück Fleisch, um seine Flügel zu kräftigen, und dann wurde er wieder zurückgeschickt.
Die Jungfrau dankte dem schwarzen Vogel für seine Hilfe, verbarg aber das Gehörte in ihrem Herzen, damit niemand davon erführe.
In der neunten Nacht, als die Alte und die Schwestern sich zur Ruhe gelegt hatten, schlich die jüngste Schwester aus dem Hause und setzte sich unter einen Baum, um des Königssohns zu harren. Hoffnung und Furcht erfüllten zugleich ihr Herz. Schon krähte der Hahn zum zweiten Mal, aber vom Walde her war weder Geräusch von Tritten noch ein Rufen zu hören.
Zwischen dem zweiten und dritten Hahnenschrei drang von weitem leises Pferdegetrappel an ihr Ohr. Sie ließ sich durch dieses Geräusch leiten und ging den Kommenden entgegen, damit die im Hause Schlafenden nicht geweckt würden. Bald erblickte sie die Kriegerschar, an deren

Spitze der Königssohn als Führer ritt, denn er hatte, als er von hier fortgegangen war, an den Bäumen Zeichen gemacht, durch die er den rechten Weg erkannte.
Als er die Jungfrau sah, sprang er vom Pferd, half ihr in den Sattel und ritt mit ihr heimwärts. Als sie aus dem Walde kamen, stand die Sonne schon ziemlich hoch.
Zum Glück hatte die Alte am Morgen früh der Tochter Flucht nicht gleich bemerkt. Erst als sie die Garnwinde nicht abgewickelt fand, fragte sie, wohin die Jüngste gegangen sei. Darauf wußte niemand Antwort zu geben. Aus mancherlei Zeichen ersah sie, daß die Tochter entflohen war. Sofort faßte sie den bösen Vorsatz, den Flüchtigen eine Strafe nachzusenden. Sie holte eine Handvoll aus neunerlei Arten gemischter Hexenkräuter, schüttete Salz, das besprochen war, dazu und band alles in ein Läppchen, daß es ein Quast wurde. Dann hauchte sie Flüche und Verwünschungen darauf und ließ nun das Hexenknäuel mit dem Winde davonziehen, während sie sang:

Wirbelwind! Verleihe Flügel!
Windesmutter! Deinen Fittich!
Treibet dieses Knäuel vorwärts!
Daß es windesschnell dahinsaust!
Daß es todverbreitend hinfährt!
Seuchenbringend weiterfliege!

Um die Mittagszeit gelangte der Königssohn mit der Kriegerschar an das Ufer eines breiten Flusses, über welchen eine schmale Brücke geschlagen war, so daß die Männer nur einzeln herüberkonnten. Der Königssohn ritt eben mitten auf der Brücke, als mit dem Winde das Hexenknäuel daherschoß und wie ein Blitz auf das Pferd traf. Das Pferd schnaubte vor Schreck, stellte sich plötzlich hoch auf die Hinterbeine, und ehe noch jemand zu Hilfe kommen konnte, glitt die Jungfrau vom Sattel herab jählings in den Fluß. Der Königssohn wollte ihr nachsprin-

gen, aber die Krieger hinderten ihn daran und hielten ihn fest. Und menschliche Hilfe konnte dem Unglück, das einmal geschehen war, doch nicht mehr abhelfen.
Schrecken und tiefe Betrübnis hatten den Königssohn ganz betäubt. Die Krieger führten ihn gegen seinen Willen nach Hause zurück, wo er wochenlang über das Unglück trauerte und weder Speise noch Trank zu sich nahm. Der König ließ aus allen Orten von nah und fern Zauberer zusammenrufen, aber keiner konnte die Krankheit erklären, noch wußte einer ein Mittel dagegen anzugeben.
Da sagte eines Tages des Windzauberers Sohn: »Sendet nur nach Finnland, daß der uralte Zauberer komme, der versteht mehr als die Zauberer Eures Landes.«
Alsbald sandte der König eine Botschaft an den alten Zauberer Finnlands, und dieser traf schon nach sieben Tagen auf Windesflügeln ein. Er sprach zum König: »O Herr, ein Hexenknäuel hat des Jünglings Liebste hingerafft, und darüber grämt er sich. Schicket ihn oft in den Wind, damit der Wind die Sorgen in den Wald treibt.«
So kam es auch wirklich. Der Königssohn fing an, sich zu erholen, Nahrung zu sich zu nehmen und nachts zu schlafen. Zuletzt gestand er seinen Eltern seinen Kummer. Der Vater wünschte nun, daß der Sohn wieder auf die Freite gehen und ein junges Weib nach seinem Sinn heimführen möchte, aber der Sohn wollte nichts davon wissen.
Schon über ein Jahr war dem Jüngling in Trauer verstrichen, als er eines Tages an die Brücke kam, wo seine Liebste ihr Ende gefunden hatte. Als er sich das Unglück ins Gedächtnis zurückrief, weinte er bitterlich. Mit einem Mal hörte er einen sehr schönen Gesang, obwohl nirgends ein menschliches Wesen zu sehen war. Die Stimme sang:

> Durch der Mutter Fluch beschworen
> nahm das Wasser die Unsel'ge

barg das Wellengrab die Schöne
deckte Athis Flut das Liebchen.

Der Königssohn stieg vom Pferde und spähte nach allen Seiten, ob nicht jemand unter der Brücke versteckt sei. Aber so weit sein Auge reichte, war nirgends ein Sänger zu sehen. Auf der Wasserfläche schaukelte zwischen breiten Blättern eine Seerose. Das war der einzige Gegenstand, den er erblickte. Aber eine Blume konnte doch nicht singen. Dahinter mußte ein Geheimnis stecken. Er band sein Pferd am Ufer an einen Baumstumpf, setzte sich auf die Brücke und lauschte. Eine Zeitlang blieb alles still, dann sang die Stimme wieder:

Durch der Mutter Fluch beschworen
nahm das Wasser die Unsel'ge
barg das Wellengrab die Schöne
deckte Athis Flut das Liebchen.

Da dachte der Königssohn: »Wenn ich ungesäumt zur Waldhütte reite, wer weiß, ob mir nicht die Goldspinnerinnen dieses wunderbare Rätsel deuten können.«
So stieg er vom Pferd und schlug den Weg zum Walde ein. An den früheren Zeichen hoffte er, sich leicht zurechtzufinden. Allein, der Wald war gewachsen, und er hatte über einen Tag lang zu suchen, ehe er auf den Fußsteig gelangte. In der Nähe der Hütte hielt er an, um zu warten, ob eine der Jungfrauen herauskommen würde.
Frühmorgens kam die älteste Schwester zur Quelle, um sich das Gesicht zu waschen. Der Jüngling trat näher, erzählte das Unglück, welches sich ein Jahr zuvor auf der Brücke zugetragen und was für einen Gesang er vor einigen Tagen dort gehört habe. Glücklicherweise war die Alte gerade nicht daheim. Deshalb lud die Jungfrau den Königssohn ins Haus. Als die Mädchen die ausführliche Erzählung angehört hatten, wußten sie, daß das Unglück

des vorigen Jahres durch ein Hexenknäuel der Mutter entstanden war und daß die Schwester nicht tot sei, sondern in Zauberbanden liege.
Die älteste Tochter fragte: »Ist Euren Blicken auf dem Wasserspiegel nichts begegnet, was einen Gesang hätte können ertönen lassen?«
»Nichts«, erwiderte der Königssohn, »so weit mein Auge reichte, war auf dem Wasserspiegel nichts weiter zu sehen als eine Seerose zwischen Blättern.«
Die Jungfrauen ahnten sogleich, daß die Seerose nichts anderes sein könne als ihre in den Wellen versunkene und durch Hexenkunst in eine Blume verwandelte Schwester. Sie wußten, wie die alte Mutter das fluchbehaftete Hexenknäuel fliegen ließ, welches die Schwester, wenn es sie nicht tötete, in jeglicher Weise verwandeln konnte. Von dieser Vermutung sagten sie indes dem Jüngling nichts, denn solange sie nicht Rat wußten zu ihrer Schwester Befreiung, wollten sie keine Hoffnung erwecken. Da die Rückkehr der Alten erst in einigen Tagen erwartet wurde, hatten sie Zeit, sich zu beraten.
Die älteste Schwester holte nun am Abend eine Handvoll gemischter Zauberkräuter und zerrieb sie, machte daraus mit Mehl einen Teig, buk einen Kuchen und gab ihn dem Jüngling zu essen, ehe er sich am Abend zur Ruhe legte.
Da hatte der Königssohn in der Nacht einen wunderbaren Traum. Es war ihm, als ob er im Walde unter den Vögeln lebte und sie in ihrer Sprache verstünde. Als er am Morgen seinen Traum den Jungfrauen erzählte, sagte die älteste Schwester: »Zu guter Stunde habt Ihr Euch zu uns aufgemacht, zu guter Stunde habt Ihr den Traum gehabt. Er wird Eurch auf Eurem Heimwege zur Wirklichkeit werden. Mein Kuchen von gestern war mit Zauberkräutern gefüllt, welche Euch in den Stand setzen, alles zu verstehen, was die Vögel untereinander reden. In diesen Wesen im Federkleid steckt viel verborgene Weisheit, die dem

Menschen unbekannt ist. Deshalb gebt gut acht, was die Vögel verkünden. Wenn dann Eure Leidenszeit vorüber ist, dann denkt auch an uns arme Jungfrauen, die wir hier in einem Kerker am Rocken sitzen.«

Der Königssohn dankte den Mädchen und versprach, sie später aus ihrer Knechtschaft zu befreien, sei es für Lösegeld oder mit Gewalt, nahm Abschied und ritt eilig zurück. Die Mädchen freuten sich, als sie sahen, daß ihnen der Faden nicht gerissen und der Goldglanz nicht verblichen war. Die Alte konnte ihnen, wenn sie heimkam, nichts vorwerfen.

Der Königssohn ritt indessen durch den Wald zurück, und er verstand die Sprache der Vögel. Da sah er plötzlich auf einem hohen Föhrenwipfel eine Elster und eine Drossel, deren Unterhaltung auf ihn gemünzt war.

»Die Dummheit der Menschen ist groß«, sagte die Drossel, »sie wissen auch die geringfügigsten Dinge nicht recht anzufassen. Dort neben der Brücke lebt in Gestalt einer Seerose des alten, lahmen Weibes Pflegekind schon ein ganzes Jahr, klagt singend den Vorübergehenden ihre Not, aber niemand kommt, sie zu erlösen. Vor einigen Tagen erst ritt ihr ehemaliger Bräutigam über die Brücke und hörte den sehnsüchtigen Gesang der Jungfrau, doch er war auch nicht klüger als die andern.«

Die Elster erwiderte: »Und doch muß das Mädchen um seinetwillen von der Alten die Strafe erdulden. Wenn ihm keine größere Weisheit zuteil wird als die, welche er aus dem Munde der Menschen vernimmt, bleibt das Mädchen ewig eine Blume.«

»Des Mädchens Erlösung würde eine Kleinigkeit sein«, sagte die Drossel, »wenn die Sache dem Zauberer von Finnland dargelegt würde. Er könnte die Jungfrau leicht aus ihrem nassen Kerker und ihrem Blumenzwang befreien.«

Dieses Gespräch machte den Jüngling nachdenklich. Indem er weiterritt, überlegte er, wo er wohl einen Boten hernähme, den er nach Finnland schicken könnte. Da hörte er über seinem Haupte, wie eine Schwalbe zur anderen sagte: »Komm, laß uns nach Finnland ziehen, dort ist besser nisten als hier.«

»Halt ein, Freunde!« rief der Königssohn in der Vogelsprache. »Bringt dem alten Zauberer in Finnland tausend Grüße von mir und bittet ihn um Bescheid, wie es wohl möglich wäre, eine in eine Seerose verwandelte Jungfrau wieder zu einem Menschenkinde zu machen.«

Die Schwalben versprachen, den Auftrag auszurichten, und flogen davon. Als der Jüngling an das Ufer des Flusses kam, blieb er auf der Brücke stehen, um zu horchen, ob nicht der Gesang ertöne, aber ringsum herrschte Schweigen, und es war nichts zu hören als das Rauschen der Wellen und das Sausen des Windes. Unmutig setzte er sich wieder zu Pferde und ritt heim, sagte aber niemandem ein Wort von dieser Wanderung und ihrem Abenteuer.

Sieben Tage später saß er im Garten und dachte, die Schwalben müßten seine Botschaft wohl vergessen haben, als ein großer Adler hoch in den Lüften über seinem Haupte kreiste. Allmählich flog der Vogel immer tiefer herunter, bis er sich endlich auf dem Ast einer Linde in der Nähe des Königssohns niederließ.

»Der alte Zauberer in Finnland«, rief der Adler, »sendet Euch viele Grüße und bittet, es ihm nicht zu verübeln, daß er nicht früher Antwort gab, doch es war gerade niemand zu finden, der hierher wollte. Um die Jungfrau aus ihrer Verzauberung zu erlösen, ist nur dies nötig: Geht an das Ufer des Flusses, werft Eure Kleider ab und reibt Euch den Körper über und über mit Schlamm ein, so daß kein weißer Fleck bleibt. Dann nehmt die Nasenspitze zwischen die Finger und ruft: Aus dem Mann ein Krebs! Augenblicklich werdet Ihr zum Krebs werden, dann taucht in die Tiefe des Flusses. Ihr braucht Euch nicht zu fürchten. Drängt Euch unter die Wurzeln der Seerose und löset sie

von Schlamm und Schilf, so daß sie nirgends mehr festsitzen. Hängt Euch dann mit Euren Scheren an ein Zweiglein der Wurzel, und das Wasser wird Euch samt der Wurzel auf die Oberfläche heben. Dann treibt mit dem Strom so lange fort, bis Euch links am Ufer eine Eberesche mit beblätterten Zweigen zu Gesicht kommt. Nicht weit von der Eberesche steht ein Stein von der Höhe einer kleinen Badstube. Beim Steine müßt Ihr die Worte ausrufen: Aus der Seerose die Jungfrau, aus dem Krebs der Mann! In demselben Augenblick wird die Verwandlung geschehen.«
Als der Adler geendigt hatte, hob er die Fittiche und flog davon. Der Jüngling sah ihm nach und wußte nicht, was er davon halten sollte.
Unter Zweifeln verstrichen sieben Tage. Er hatte weder Mut noch Vertrauen genug, die Befreiung in dieser Weise zu versuchen. Da hörte er eines Tages aus dem Munde einer Krähe: »Was zögerst du, der Weisung des Alten nachzukommen? Der alte Zauberer hat noch nie falschen Bescheid geschickt, und auch die Vogelsprache hat noch nie getrogen. Eile an das Ufer des Flusses und erlöse die Jungfrau.«
Die Rede der Krähe machte dem Jüngling Mut. Er dachte: »Größeres Unglück kann mir nicht widerfahren als der Tod, und der Tod ist leichter als diese große Trauer.«
Er setzte sich zu Pferde und ritt den bekannten Weg zum Ufer des Flusses. Als er an die Brücke kam, hörte er den Gesang:

»Durch der Mutter Fluch beschworen,
muß ich hier im Schlummer liegen,
muß ich Schöne hier verwelken,
in der Wellen Schoß hinsiechen.
Feucht und kalt das tiefe Bette
decket jetzt die zarte Jungefrau.«

Der Königssohn legte seinem Pferde die Fußfessel an, damit es sich nicht zu weit von der Brücke entfernen könnte, warf die Kleider ab, rieb den Körper über und über mit Schlamm ein, so daß nirgends ein weißer Fleck blieb, faßte sich dann an die Nasenspitze und sprang mit dem Ruf ins Wasser: »Aus dem Mann ein Krebs!«
Einen Augenblick zischte das Wasser auf, dann war alles still wie zuvor.
Der in einen Krebs verwandelte Mann begann die Wurzeln der Seerose aus dem Flußbette zu lösen, doch er brauchte viel Zeit dazu, denn die Wurzeln saßen in Schlamm und Schilf fest, so daß er sieben Tage brauchte, bis er die schwere Arbeit beendigt hatte. Danach hakte er seine Scheren in ein Zweiglein der Wurzel ein, und das Wasser hob ihn samt der Blume auf die Oberfläche des Flusses. Die schaukelnden Wellen trieben Krebs und Seerose nur langsam vorwärts, und obwohl Bäume und Sträucher genug am Ufer sichtbar wurden, so kam doch noch immer nicht die Eberesche mit dem großen Stein zum Vorschein. Endlich sah er links am Ufer den Baum mit seinem Laube und den roten Beerenbüscheln, und daneben stand auch der Stein, der die Höhe einer kleinen Badstube hatte. Jetzt stieß der Krebs die Worte aus: »Aus der Seerose die Jungfrau, aus dem Krebs der Mann!«
Augenblicklich schwammen auf dem Wasser zwei Menschen, ein Mann und eine Frau. Das Wasser trieb sie ans Ufer, beide waren nackt, wie Gott sie geschaffen.
Die Jungfrau bat: »Lieber Jüngling, ich habe keine Kleider, darum mag ich nicht aus dem Wasser steigen.«
Doch der Jüngling sprach: »Tretet ans Ufer unter die Eberesche, ich mache so lange die Augen zu, bis Ihr unter dem Baum geborgen seid, dann eile ich zur Brücke, wo ich mein Pferd und meine Kleider ließ, als ich in den Fluß sprang.«
Die Jungfrau verbarg sich unter der Eberesche, und der

Jüngling eilte zur Brücke, wo er Kleider und Pferd gelassen hatte. Aber er fand dort weder das eine noch das andere. Daß sein Krebszustand so viele Tage gedauert hatte, wußte er nicht, vielmehr glaubte er, nur einige Stunden auf dem Grunde des Wassers gewesen zu sein. Siehe, da kam ihm am Ufer eine prächtige, mit sieben Schimmeln bespannte Kutsche entgegen. In der Kutsche fand er alles Nötige sowohl für sich wie für die aus dem Wasser erlöste Jungfrau. Sogar ein Diener und eine Zofe waren mit der Kutsche angekommen. Den Diener behielt der Königssohn für sich, die Zofe schickte er mit der Kutsche und den Kleidern dahin, wo seine Liebste unter der Eberesche wartete.
Es verging über eine Stunde, da kam die hochzeitlich geschmückte Jungfrau in der Kutsche an die Stelle, wo der Königssohn ihrer wartete. Er war gleichfalls prächtig als Bräutigam gekleidet und setzte sich zu ihr in die Kutsche. Sie fuhren geradewegs zur Stadt und vor die Kirchentür. Der König und die Königin saßen in Trauerkleidern in der Kirche, denn sie trauerten um ihren Sohn, den man im Flusse ertrunken glaubte, da man Pferd und Kleider am Ufer gefunden hatte. Groß war der Eltern Freude, als der für tot beweinte Sohn lebend an der Seite einer schönen Jungfrau vor sie trat, beide in Prunkgewändern. Der König führte sie selbst zum Altar, und sie wurden getraut. Dann wurde ein Hochzeitsfest veranstaltet, das in Saus und Braus sieben Wochen lang dauerte.
Nun waren sie ein dreiviertel Jahr verheiratet, und wieder war der Frühling eingekehrt. Eines Tages ging der Königssohn mit seiner jungen Frau im Garten spazieren. Da hörten sie, wie eine Elster vom Wipfel eines Baumes herabrief: »Oh, du Undankbarer, der in den Tagen des Glücks seine hilfreichen Freunde vergessen hat. Sollen die beiden armen Jungfrauen ihr Leben lang Goldgarn spinnen? Wisse, die lahme Alte ist nicht die Mutter der Mädchen, sondern eine

Hexe, welche die Jungfrauen als Kinder aus fernen Landen gestohlen hat. Der Alten Sünden sind groß, sie verdient keine Barmherzigkeit. Gekochter Schierling wäre für sie das beste Gericht, sonst würde sie deine gerettete Frau abermals mit einem Hexenknäuel verfolgen.«

Jetzt fiel dem Königssohn alles wieder ein, und er erzählte seiner Frau, wie er zur Waldhütte geritten sei, die Schwestern um Rat fragte, dort die Vogelsprache gelernt und den Jungfrauen versprochen habe, sie aus ihrer Gefangenschaft zu erlösen.

Seine Frau bat unter Tränen, den Schwestern zu Hilfe zu eilen. Als sie am andern Morgen erwachte, sprach sie: »Ich hatte einen bedeutungsvollen Traum. Die alte Mutter ist von zu Hause fortgegangen und hat die Töchter allein gelassen. Jetzt wäre gewiß die rechte Zeit, ihnen zu Hilfe zu kommen.«

Der Königssohn ließ sofort eine Kriegerschar rüsten und zog mit ihnen zur Waldhütte. Am anderen Tag langten sie dort an. Wie der Traum geweissagt hatte, waren die Mädchen allein zu Hause und kamen ihren Errettern mit Freuden entgegen. Einem Kriegsmanne wurde Befehl gegeben, Schierlingswurzeln zu sammeln und daraus für die Alte ein Gericht zu kochen, so daß ihr, wenn sie nach Hause käme und sich daran satt äße, die Lust am Essen für immer verginge. Sie blieben zur Nacht in der Waldhütte und machten sich am anderen Morgen in der Frühe mit den Mädchen auf den Weg, so daß sie abends die Stadt erreichten. Der Schwestern Freude war groß, als sie sich hier nach so langer Zeit wieder vereinigt fanden.

Die Alte war in derselben Nacht nach Hause gekommen. Sie verzehrte mit großer Gier die Speise, welche sie auf dem Tische fand, und kroch dann ins Bett, um zu ruhen. Sie wachte aber nicht wieder auf. Der Schierling hatte dem Leben des schlimmen Weibes ein Ende gemacht.

Als der Königssohn sieben Tage später einen zuverlässigen

Krieger hinschickte, fand man die Alte tot. In der geheimen Kammer wurden fünfzig Fuder Goldgarn aufgehäuft gefunden, welche unter die Schwestern verteilt wurden.
Als der Schatz weggeführt war, ließ der Hauptmann den Feuerhahn aufs Dach setzen. Schon streckte der Hahn seinen roten Kamm zum Rauchloch heraus, als eine große Katze mit glühenden Augen vom Dache her an der Wand herunterkletterte. Die Kriegsleute jagten der Katze nach und wurden ihrer bald habhaft. Vom Baumwipfel herab rief da ein Rabe: »Heftet der Katze eine Falle an den Schwanz, dann wird alles an den Tag kommen.«
Die Männer folgten dem Rat des Raben.
»Peinigt mich nicht, ihr Männer«, bat nun die Katze, »ich bin ein Mensch wie ihr, wenn ich auch jetzt durch Hexenzauber in Katzengestalt gebannt bin. Es war der Lohn für meine Schlechtigkeit, daß ich in eine Katze verwandelt wurde. Ich war weit von hier in einem reichen Königsschlosse die Köchin, und die lahme Alte war der Königin erste Kammerjungfer. Von Habgier getrieben, machten wir miteinander einen heimlichen Anschlag, des Königs drei Töchter und einen großen Schatz zu stehlen und dann zu entfliehen. Nachdem wir allmählich alle goldenen Geräte beiseite geschafft hatten, welche die Alte in goldenen Flachs verwandelte, nahmen wir die Töchter. Die älteste war drei Jahre und die jüngste sechs Monate alt. Die Alte fürchtete dann, daß ich bereuen und anderen Sinnes werden möchte, und verwandelte mich deshalb in eine Katze. Zwar wurde mir in ihrer Todesstunde die Zunge gelöst, aber meine frühere Gestalt habe ich nicht wieder erhalten.«
Als die Katze ausgesprochen hatte, sagte der Hauptmann: »Du brauchst kein besseres Ende zu nehmen als die Alte«, und warf sie in das Feuer.
Die beiden Königstöchter aber bekamen bald wie ihre jüngste Schwester Königssöhne zu Männern, und das von

ihnen in der Waldhütte gesponnene Garn war ihre reiche Mitgift. Ihr Geburtsort und ihre Eltern blieben unbekannt. Man erzählte sich, daß das alte Weib noch manches Fuder Goldgarn unter der Erde vergraben hatte. Aber niemand kann die Stelle angeben.

[Märchen aus Estland]

Die Granatäpfel

****

Es war einmal ein König, dessen Sohn war schwermütig. Er lachte nie, und es gab keine Vergnügungen und Zerstreuungen, die ihn zum Lachen gebracht hätten. Einmal fiel es dem Vater ein, der nicht wußte, wie er es anfangen sollte, ihn zu erheitern, auf dem Platz vor dem Schloß drei Brunnen springen zu lassen, einen mit Wein, einen mit Öl, einen mit Essig. Alle gingen hin, sich davon zu holen, und stießen und schlugen sich, und eine Menge spaßhafter Szenen fielen vor, aber umsonst! Der Prinz sah aus einem Fenster des Schlosses, aber es kam nicht dazu, daß er lachte. Wein und Essig waren zu Ende, das Öl tröpfelte nur noch, als ein altes Weiblein mit einem Fläschchen kam und anfing es zu füllen, Tropfen für Tropfen, und lange stehen mußte, bis es ungeduldig wurde. Dem Prinzen, der am Fenster stand, machte es Spaß, ihr zuzusehen, und um sie zu peinigen, nimmt er, als sie ihr Fläschchen beinahe gefüllt hatte, einen Stein und wirft ihn so geschickt, daß das Glas zerbricht. Dann lacht er aus vollem Halse.

Die Alte, ganz wütend, wendet sich um.

»Ha, du lachst? Bravo! Lache nur. Aber du wirst dich nie wohl befinden, wenn du nicht ein Mädchen aus Milch und Blut findest!«

Diese Worte ließen ihn wieder schwermütig werden, mehr als zuvor, und er sagte zum Vater, er wolle fort, das Mädchen von Milch und Blut zu finden, von dem die Alte ihm gesagt hatte. Er steckte Geld ein und wanderte, und wanderte eine Weile und sah viele Städte und verschiedene Länder, aber ein solches Mädchen fand er nicht.

Eines Morgens kam er in einen Wald und geht und geht und wird durstig, findet aber kein Wasser zum Trinken, noch ein Haus, dort eins zu bekommen. Da setzt er sich auf die Erde, denn er konnte wirklich nicht weiter, und als er sich etwas ausgeruht hatte, hebt er den Kopf und sieht einen Baum mit drei Granatäpfeln. Schau, sagt er, ich will mir einen pflücken, um nur ein wenig den Durst zu stillen. Er bricht einen ab, macht ihn auf, und heraus springt ein schönes Mädchen, weiß und rot und aus Milch und Blut gemacht. Der Prinz sagt zu ihr: »Willst du kommen und bei mir bleiben?«

»Hast du zu essen und zu trinken?«

»Nein.«

»Dann bleibe ich nicht bei dir.«

Und sie kehrt in den Granatapfel zurück und hängt sich wieder an. Der Prinz pflückt einen andern Granatapfel ab, bricht ihn auf, und ein anderes Mädchen kommt heraus. Auch die fragt ihn, ob er zu essen und zu trinken habe, und er verneint es. Da verläßt auch diese ihn und will nicht bei dem Prinzen bleiben. Da pflückt er die dritte Frucht, wieder kommt ein Mädchen aus Milch und Blut heraus, diesmal aber beantwortet er ihre Frage mit Ja.

»Also werde ich bei dir bleiben.«

Sie sagt ihm, eine Fee habe sie so verzaubert und halte sie in den Granatäpfeln eingeschlossen. Sie hätten eine Zaubergerte, eine Haselnuß, eine Mandel und eine Nuß, die ihnen die Fee aufzuheben gegeben habe; das alles nahm das Mädchen mit. Sie schlägt die Gerte: »Ich will einen Wagen mit Pferden.« Und sofort erscheint ein schöner Wagen mit den Pferden. Beide setzten sich hinein und fuhren fort.

Die Fee, die eine alte Frau war, kehrt zurück, läßt die Mädchen aus den Granatäpfeln heraus und sieht nur zwei.

»Oh, wo ist Caterina hingekommen?«

Die beiden anderen erzählten alles, was sich zugetragen hatte, und die Alte macht sich eilig auf, Caterina zu verfolgen. Diese aber gab acht, und kaum sah sie sie von weitem kommen, warf sie die Nuß weg, und sogleich stand eine Kapelle da, sie selbst war in einen Priester verwandelt und er in einen Kleriker.

Die Alte tritt in die Kapelle ein.

»Habt Ihr nicht ein Mädchen mit einem jungen Mann vorbeikommen sehen?«

»Was wollt Ihr?« antwortete der Kleriker. »Wollt Ihr die Messe hören? Eben läutet es.«

»Aber nein! Ich frage, ob Ihr ein Mädchen mit einem jungen Mann gesehen habt.«

»Ah, vielleicht wollt Ihr den Segen.«

Und sie machten sie so verwirrt, daß sie umkehrte. Sie aber stiegen wieder in den Wagen und fuhren fort. Die Alte aber ging wieder zu den Mädchen.

»Heilige Maria! Hat die Caterina auch die Nuß mitgenommen?«

»Freilich.«

Und wieder eilt die Alte hinter Caterina her und erreicht sie. Die Caterina aber, kaum erblickt sie sie, wirft die Haselnuß weg, und sogleich erscheint ein schöner Garten, sie aber hat sich in eine Gärtnerin verwandelt, der Prinz in einen Gärtner.

»Hättet Ihr vielleicht ein Mädchen gesehen mit einem jungen Mann?«

»Was wünschen Sie?« sagt die Gärtnerin, »wollen Sie einen Strauß von Rosen? Ich werde ihn gleich pflücken.«

»Ach was, Rosen! Ich will ...«

»Ich verstehe. Sie wollen einen Strauß Akazienblüten. Ich hole ihn sofort.«

Kurz, sie machten ihr den Kopf wirr, daß sie umkehrte. Und die beiden setzten ihren Weg fort. Die Alte aber fragt die beiden Mädchen: »Sagt doch einmal, hat die Caterina auch die Mandel mitgenommen?«

»Jawohl, alles hat sie fortgebracht, auch die Zaubergerte.«

»Oh, ich Ärmste. Was soll ich tun?«

Und sie fängt wieder an zu laufen und läuft und läuft geschwinde, weil sie aber eine Fee war, holt sie sie alsbald ein. Aber Caterina, sobald sie sie erblickt, wirft die Mandel weg, und sogleich erscheint ein reißender Fluß, der Wasser zu enthalten schien wie alle anderen Flüsse, aber wenn jemand hineinstieg, so schnitt er ihn, als wären's geschliffene Klingen. So konnte die Alte nicht durch. Endlich aber entschloß sie sich doch, hineinzusteigen, um hindurchzuschwimmen, aber kaum war sie drin, so schnitt sie das Wasser in Stücke, und sie starb. Da verschwand der Fluß und alle Verzauberungen der Fee. Der Prinz und Caterina kehrten zurück, um die beiden anderen Mädchen zu holen, und alle gingen zu dem Palast.

Der Prinz heiratete Caterina, die die Jüngste war, und vermählte die beiden anderen mit zwei andern Prinzen. Und so wurde der schwermütige Prinz heiter und wußte nun nichts mehr von Melancholie.

[Märchen aus Italien]

Die Haselhexe

✳✳✳✳✳✳✳

Bei einem Bauern war eine Hexe im Dienste, die den Hütbuben gar nicht ausstehen konnte. Bald gab sie ihm eine Ohrfeige, daß ihm der ganze Kopf sang, bald mißhandelte sie ihn auf andere Weise. Die Bäuerin sagte kein Wort dazu, weil die Dirne bei ihr in hohen Ehren stand, denn die Kühe gaben so viel Milch wie früher nie, und Butter und Käse gab es im Überfluß.

An einem Donnerstag mußte sie mit dem Hütbuben in den Berg gehen, um Laub zu streifen. Als sie bei den Stauden war, sagte sie zum Knaben: »Jetzt klaube Laub, daß beide Körbe voll werden, denn ich muß weiter in den Berg hinauf, um Haselnüsse zu suchen. Arbeite nur schnell und sieh mir nicht nach! Sind nicht beide Körbe voll, wenn ich zurückkomme, will ich dich durchhauen, daß du's am Jüngsten Tage noch merkst!«

Sie ging, und dem Buben kam die ganze Sache bedenklich vor. Als er glaubte, sie sei schon eine Strecke fort, schlich er ihr nach – und sah bald viele Weiber auf einer ebenen Bergwiese tanzen und springen. Doch bald kamen sie zu streiten, faßten einander bei den Haaren und rauften sich so lange, bis die Viehdirne zerriß. Dann ging der Tanz von neuem an. Bald jedoch suchten einige Hexen die Gebeine der Toten zusammen und legten sie in Ordnung. Nur eines konnten sie nicht mehr finden. Nach langem vergeblichen Suchen brach ein Weib von einer Haselstaude einen Zweig und legte ihn statt des fehlenden Beinchens unter allerlei Sprüchen hin.

Alsogleich wurde die Zerrissene lebendig und sprang auf.

»Nun bist wieder ganz«, sagte die Alte, »bis dich jemand Haselhexe nennt. Dann ist aber der Zauber hin, und du zerfällst in viele Stücke wie früher.« Dies merkte sich der Knabe und schlich sogleich zu seiner Arbeit zurück.
Bald kam sie nach und fand die Körbe noch nicht gefüllt. Da fing sie an zu fluchen und zu schelten und schlug den Knaben, daß das Blut niederlief. »Laßt du mir nicht Ruhe, will ich dir helfen«, drohte er. Doch umsonst – sie mißhandelte ihn nur desto mehr.
Endlich rief er: »Du bist die Haselhexe«, und augenblicklich fiel sie in Stücke. Der Knabe war nun von der Hexe erlöst und hatte die größte Freude. Der Bäuerin war aber die ganze Geschichte unlieb, denn Milch und Butter nahmen ab, und im ganzen Dorfe ward es bekannt, daß sie eine Hexe im Dienste behalten habe.

[Sage aus Tirol]

Die schöne Hexentochter

****

Es lebte einmal in einem Dorf in der Provence eine wunderschöne Jungfrau von zwanzig Jahren, die noch keinen Freier gesehen hatte. Sie war nicht zu groß und nicht zu klein, ihr Gang war aufrecht, sie hatte prächtige Locken, Augen, so schön wie die Sterne am Himmel, und wenn sie lachte, so zeigte sie zwei Reihen strahlendweißer Zähne; kurz, sie besaß alles, was einem Mann gefallen konnte. Aber dennoch hatte noch kein einziger der Jünglinge im Dorf um sie angehalten. Jedesmal wenn ein junger Mann bemerkte: »Das ist aber ein schönes Mädchen«, so erhielt er von seinen Gefährten sogleich die rasche Antwort: »Laß die Finger von ihr, sie ist eine Hexe.«

Das Wort »Hexe« aber verbreitete einen solchen Schrekken, daß keiner der Jünglinge sie mehr mit Wohlgefallen anzuschauen wagte. Es wollte auch keiner nachprüfen, ob das Gerede denn auch wahr sei. Sie gaben sich alle damit zufrieden, von ihr weit wegzubleiben. Einige wollten trotzdem seltsame Dinge beobachtet haben, aber sie erzählten sich gegenseitig davon, ohne selbst recht daran zu glauben.

Die Leute waren jedenfalls der Meinung, daß die Mutter der Jungfrau einst zur Hexe geworden war, weil sie in ihrer Jugend ihre Neugier nicht bezähmen konnte und die Hand einer eben verstorbenen Nachbarin, die ihrerseits eine Hexe war, berührt hatte. Damals hatte niemand der Sache besondere Aufmerksamkeit geschenkt. So fand sie ohne größere Mühe einen Ehemann. Aber kaum waren die Hochzeitsfeierlichkeiten zu Ende, da erkrankte dieser

auch schon schwer und fand einen langsamen und qualvollen Tod.
Deshalb war es nicht weiter verwunderlich, daß die Tochter es ihrer Mutter gleichtat und ebenfalls eine Hexe wurde. Und es galt als sicher, daß ein Freier, der sich mit ihr einließ, den baldigen Tod vor Augen hatte.
Niemand wußte, ob diese Jungfrau zufrieden war oder nicht, daß sie ledig bleiben sollte. Ihr Charakter schien, je länger sie abwarten mußte, immer liebenswerter zu werden.
Eines Tages wurde ein braver junger Mann, der seit kurzem im Dorfe weilte, von der Schönheit dieser Jungfrau in Bann gezogen. Als ihm ein Freund sagte, daß sie eine Hexe sei, zuckte er nur mit den Schultern und betrachtete sie weiterhin mit zärtlichen Augen. Schließlich verliebte er sich in sie und sprach sogar von Heirat.
Die Familie des jungen Mannes sah dies ganz und gar nicht gern, aber der Verliebte war fest entschlossen und ließ sich die Heirat nicht ausreden. Die Jungfrau und ihre Mutter taten außerdem ihr Möglichstes, um ihn an sich zu ziehen. Es kam so weit, daß der Hochzeitstag festgesetzt wurde. Jeden Abend besuchte der Jüngling nun seine Braut, wobei natürlich stets die Mutter zugegen war.
Die Freunde des jungen Mannes wurden in ihren Ansichten verstärkt. Sie warnten ihn unablässig vor der Jungfrau. Endlich begannen den Jüngling, der erst überhaupt nicht auf sie hören wollte, Zweifel zu plagen. So bemerkte er, daß er, wenn er sich im Hause seiner Liebsten an manchen Abenden sehr lange aufhielt, er immer eindringlich gebeten wurde, nach Hause zu gehen. Als Grund wurde ihm jedesmal gesagt, es sei kurz vor Mitternacht. Nun weiß jedes Kind, daß Mitternacht in bestimmten Nächten genau die Zeit ist, an der die Hexen zu ihrem Sabbat reiten. Er beschloß, der Sache auf den Grund zu gehen.
So blieb er eines Abends, wie gewöhnlich, ziemlich lange

im Hause seiner Verlobten. Er gab diesmal aber vor, sehr müde zu sein. Noch während sie sich unterhielten, schien er von Müdigkeit übermannt zu werden. Endlich konnte man meinen, er schlafe tief und fest. Es war Freitag. Es war der Tag, an dem feierlich der Hexensabbat begangen wurde. Keine wirkliche Hexe konnte sich dem Fest entziehen. Als nun der Abend immer später wurde, versuchten die Mutter und ihre Tochter, den jungen Mann aufzuwekken. Aber sie mußten bald erkennen, daß dies aussichtslos war. Er schnarchte laut und regelmäßig. Aber dies hinderte ihn nicht daran, aufmerksam auf alles zu achten, was geschah, und alles genau zu belauschen, was die beiden sprachen. Er spürte, daß die Frauen immer aufgeregter und unruhiger wurden, je mehr es auf Mitternacht zuging. Sie versuchten noch einmal mit größter Anstrengung ihn zu wecken. Als alles nichts nützte, begannen sie miteinander zu flüstern. Endlich schienen sie einen Entschluß gefaßt zu haben. Sie löschten das Licht. Das Zimmer war ganz in Dunkel getaucht. Nur einige Holzscheite, die noch in der Asche glühten, erlaubten dem Jüngling zu erkennen, was sie taten. Er war aufs höchste erstaunt über die Dinge, die nun vorgingen.

Sie holten aus einem versteckten Schrank einen Topf heraus und stellten ihn auf den Tisch. Sie entkleideten sich und waren im Handumdrehen nackt. Dann nahm sich jede ein wenig Salbe aus dem Topf, und sie rieben sich den ganzen Körper in feierlicher Zeremonie von Kopf bis Fuß ein. Dabei murmelten sie mehrmals: »Über den Zweig, über den Zweig!«

Kaum hatten sie diese Vorbereitungen beendet, als sie sich plötzlich in Eulen verwandelten. Und sie entflogen durch den Kamin, wobei sie die unheimlichen Schreie dieser Nachtvögel ausstießen. Ihre Kleider ließen sie auf einem Stuhl im Zimmer.

Sobald der junge Mann nun allein war, stand er auf, zün-

dete die Lampe wieder an, besah sich alles, was sich im Zimmer befand, und vergewisserte sich, daß er keiner Täuschung zum Opfer gefallen war. Es war kein Zweifel möglich: Die Kleider der beiden Frauen waren noch warm, und der geheimnisvolle Topf stand noch auf dem Tisch. Der Inhalt des Topfes war eine schwarze Salbe, die scheußlich roch und an verbranntes Tierfett erinnerte.
In diesem Augenblick schlug es Mitternacht. Der Jüngling war darauf gefaßt, daß sich nun seltsame Dinge im Zimmer abspielen würden. Aber nichts dergleichen geschah. Er sagte sich, daß sich die Hexen wohl irgendwo zum Sabbat getroffen hätten.
Da durchfuhr ihn ein Gedanke: »Und wenn ich die Salbe nehme und mich in eine Eule verwandle und in dieser Gestalt sehe, was meine Verlobte und ihre Mutter treiben?«
Hastig entkleidete er sich, fuhr mit den Fingern in den Topf und rieb sich dann in der gleichen Weise ein, wie er es bei den Frauen gesehen hatte, und sagte dabei die Worte, die er vernommen hatte. Aber er hatte sich in einem Wörtchen geirrt: Anstatt zu sagen »über den Zweig«, sagte er »unter den Zweig«.
Kaum hatte er diese Vorbereitungen beendet und zum letzten Mal die Worte gesprochen, da war er schon zu einer Eule geworden. Er wollte durch den Kamin fliegen, aber er fühlte sich trotz seines heftigen Widerstands in der Asche festgehalten, unter einem Zweig, der dort noch knisterte, so daß er sich übel verbrannte.
Er dachte, sein Mangel an Erfahrung sei wohl schuld an diesem Mißgeschick und daß er es schließlich nicht gewohnt war, als Vogel zu fliegen. Er beschloß daher, sein Glück außerhalb des Hauses zu versuchen. Kaum war er auf dem Felde, da wartete Schreckliches auf ihn. Solange er über freiem Felde war, konnte er wunderbar fliegen. Aber sobald auch nur ein winziges Sträuchlein irgendwo stand, konnte er sich nicht dagegen wehren, unterhalb der

Zweige mit Gewalt festgehalten zu werden. Die Zweige und Äste peitschten ihm gegen den Kopf, den Körper und die Flügel.
Bald war er bedeckt von zahlreichen Wunden. Er hatte das Gefühl, zusammenzubrechen, und glaubte schon, sein letztes Stündlein hätte geschlagen, als es langsam Tag wurde und der Hahn zu krähen anfing. Die Zeit der Hexen war vorbei. Er fiel hart auf die feuchte Erde und hatte wieder seine menschliche Gestalt.
Doch war er mitten auf ein Feld gefallen, war zerschlagen, verletzt, blutend aus vielen Wunden, ganz nackt und in der allertraurigsten Verfassung. Er erhob sich mühsam und erreichte hinkend sein Haus, beeilte sich, so gut er konnte, um nicht gesehen zu werden.
Als er endlich zu Hause angekommen war, legte er sich sogleich ins Bett. Er hatte hohes Fieber und war viele Tage krank. Doch sobald er wieder gesund war, ging er in ein anderes Dorf, ohne jemandem gesagt zu haben, warum. Vor allem aber holte er niemals seine Kleider, die er bei seiner früheren Verlobten und deren Mutter zurückgelassen hatte.

[Märchen aus der Provence]

Die sieben Hexen

✶✶✶✶✶✶✶

Es war einmal ein Fischer. Jeden Morgen wunderte er sich aufs neue darüber, daß sein Boot naß geworden war, geradeso, als habe sich jemand seiner während der Nacht bedient.
Um zu erfahren, was es damit auf sich habe, versteckte er sich eines Nachts hinter einer Düne, unweit der Stelle, an der sein Boot lag.
Als es Mitternacht schlug, hörte er auf einmal Stimmen und Gelächter. Er riß seine Augen weit auf und gewahrte eine Schar von Frauen. Sie trugen lange Kleider, und jede hatte ein kleines Licht bei sich. Sie stiegen in sein Boot, und er hörte, wie eine sagte: »Einer für die eins, einer für die zwei, einer für die drei, einer für die vier, einer für die fünf, einer für die sechs, einer für sie sieben.«
Beim letzten Wort war das Boot verschwunden, wie Rauch im Wind.
Am andern Morgen aber lag es wieder an der gleichen Stelle und wieder war es, wie gewöhnlich, naß geworden. Aber diesmal wußte der Fischer, woran er sich zu halten hatte.
In der folgenden Nacht wollte er mehr in Erfahrung bringen. Er hatte keine Ruhe mehr, bevor er nicht wußte, wohin die Frauen die ganze Nacht über in seinem Boot fuhren und was sie draußen auf dem Meere verrichteten.
Als es dunkel geworden war, versteckte er sich im Heck seines Bootes und harrte regungslos aus.
Als es Mitternacht schlug, erschienen die sieben Frauen wieder, und jede trug ein Licht bei sich. Sie stiegen in das

Boot. Und als alle Platz genommen hatten, sagte diejenige, die die Schar anzuführen schien: »Einer für die eins, einer für die zwei, einer für die drei, einer für die vier, einer für die fünf, einer für die sechs, einer für die sieben.«

Aber das Boot bewegte sich nicht. Es blieb so liegen, wie es lag. Die Anführerin wandte sich nun an die andern und sprach: »Meine Schwestern, ist denn eine von euch schwanger?«

Sie antworteten ihr alle mit nein.

»Es muß aber eine schwanger sein. Diejenige weiß es selbst nur noch nicht.«

Und dann sprach sie die Worte: »Einer für die eins, einer für die zwei, einer für die drei, einer für die vier, einer für die fünf, einer für die sechs, einer für die sieben, einer für die acht.«

Das Boot glitt geräuschlos aufs Wasser und wurde emporgetragen wie Rauch vom Winde. Es machte an einem unbekannten Ufer halt. Die Frauen sprangen an den Strand und folgten einem Pfad. Neugierig schlich der Fischer ihnen nach. Da sah er sie ein Haus betreten, das sehr verrufen aussah. Man hörte Geschrei und Gejohle, Flüche und Gelächter. Es war ein Höllenlärm. Männer gingen ein und aus und erzählten sich gegenseitig allerhand. Aber sie redeten in einer Sprache, die der Fischer nicht verstand. Es schien ihm, als sei er in Ägypten. Palmen wuchsen dort. Er schnitt sich einen Palmenzweig als Beweisstück, daß er alles wirklich erlebt und gesehen hatte, und eilte zu dem Versteck im Heck seines Bootes.

Die sieben Frauen kamen vor Tagesanbruch zurück. Sie stiegen in das Boot, und die Anführerin sprach die Formel. Da wurde das Boot emporgetragen wie Rauch im Winde und es hielt an seinem Platz, dort, wo es gelegen hatte. Die Frauen verließen das Boot und eilten dem Dorfe zu. Sie ließen den Fischer zurück, der ganz benommen war von dem, was er gesehen hatte.

Als er seinen Nachbarn erzählte, daß er in einer einzigen Nacht in Ägypten gewesen war, wollte ihm keiner glauben. Da zeigte er ihnen den Palmzweig, den er aus jenem Lande mitgebracht hatte. Die Nachbarn sagten ihm, daß da Hexerei im Spiel wäre und daß sein Tun nicht klug gewesen sei.

Der Priester des Dorfes beschwerte sich an jenem Sonntag während seiner Predigt, daß einige seiner Gläubigen einfach nie die Köpfe senken wollten im Augenblick der Wandlung, wenn der Geistliche die Glöckchen erklingen ließ.

Da kam dem Fischer eine Idee. Er ging zum Priester und sagte ihm, daß es in der Gegend Hexen gäbe. Um sie aber zu erkennen, müßte man nur Salz vor die Kirchentür streuen.

Am folgenden Sonntag warf der Priester Salz vor die Kirchentür und wartete dort ab, was geschehen würde.

Als die Glocken läuteten, begaben sich auch sieben schöne, junge Mädchen auf den Weg zur Kirche. Aber als sie schließlich vor die Kirchentür kamen, blieben sie plötzlich wie angewurzelt stehen. Sie konnten keinen einzigen Schritt mehr weitergehen.

Der Geistliche hieß sie einzutreten, aber er konnte sagen, was er wollte, sie konnten nicht über das Salz gehen, das er ausgestreut hatte.

Auf diese Weise wurden die Hexen entdeckt, die es in jenem Dorfe gab.

[Märchen aus dem Languedoc]

Die alte Hexe

✶✶✶✶✶✶✶

Es waren einmal ein Mann und eine Frau, die hatten zwei Töchter. Der Vater aber hatte keine Arbeit, und so herrschte große Armut bei ihnen. Da entschloß sich die jüngste Tochter, in die Welt hinauszuziehen und ihr Glück zu versuchen. Sie wollte sich irgendwo verdingen.
Als sie sich von Vater und Mutter verabschiedet hatte, machte sie sich auf den Weg in die Stadt.
Dort aber wollte sie niemand in seinen Dienst nehmen. Da verließ sie die Stadt und wanderte weit über das Land. Auf einmal gewahrte sie einen riesigen Backofen, in dem waren viele Brote beim Backen. Und die Brote riefen: »Schönes Mädchen, schönes Mädchen, hol uns heraus, hol uns heraus! Schon seit sieben Jahren werden wir gebacken, und es ist keiner gekommen, uns herauszuholen.«
Da nahm das Mädchen die Brote aus dem Ofen und zog weiter ihres Weges.
Als es so schon lange gewandert war, begegnete ihm eine Kuh, die sprach: »Schönes Mädchen, schönes Mädchen, melk mich, melk mich! Schon seit sieben Jahre warte ich, und es ist keiner gekommen, mich zu melken.«
Da molk das Mädchen die Kuh und füllte die Milch in die Eimer, die dort bereitstanden, und weil es sehr durstig war, trank es ein wenig von der Milch, und zog dann weiter seines Weges.
Schließlich gelangte es zu einem Apfelbaum, der war so mit Früchten beladen, daß die Zweige fast niederbrachen. Und der Apfelbaum rief: »Schönes Mädchen! Schönes Mädchen! Hilf mir und schüttle meine Äpfel herunter. Meine Zweige brechen schon unter ihrer Last!«

Da schüttelte das Mädchen alle Äpfel herunter und zog weiter seines Weges.
Lange war es schon gewandert, als es endlich zu einem Haus gelangte. Als es an die Tür klopfte, öffnete ihm eine alte Frau. Dieser erzählte es nun, daß es von zu Hause fortgegangen sei, um sich einen Dienst zu suchen. Die Alte aber war eine Hexe. Sie musterte das Mädchen und weil es ihr gefiel, wollte sie es bei sich als Dienstmagd behalten. Und sie sprach zu dem Mädchen: »Wenn du mir treu und fleißig dienst, so sollst du einen guten Lohn bekommen. Halte mir das Haus rein, fege den Fußboden und die Feuerstelle. Schau aber niemals in den Kamin hinauf, denn sonst wird dir Schlimmes widerfahren.«
Das Mädchen versprach, alles so zu tun wie ihm geheißen. Aber eines Morgens, als die Hexe ausgegangen war, da konnte es seine Neugier nicht länger bezwingen und schaute in den Kamin hinauf! Und siehe, ein Sack voll Gold fiel herunter in seinen Schoß. Da nahm es den Sack und verließ das Haus der Hexe und machte sich auf den Weg zu Vater und Mutter.
Als es ein Stück gegangen war, hörte es die Hexe hinter sich herkommen. Da eilte es zu dem Apfelbaum und rief:

»Apfelbaum, Apfelbaum, versteck mich geschwind,
daß mich die alte Hexe nicht find't!
Find't sie mich, bricht sie all mein Gebein
und begräbt mich unter dem Marmelstein!«

Da verbarg der Apfelbaum das Mädchen unter seinen Zweigen. Als die Hexe zu ihm kam, fragte sie ihn:

»Bäumchen mein,
Bäumchen mein,
Sahst du nicht ein Mädchen kommen,
das all mein Gold hat mitgenommen?«

Der Apfelbaum aber antwortete: »Nein, Mutter, in sieben Jahren nicht.«
Das Mädchen aber eilte weiter, und wie es zu der Kuh kam, da hörte es die Hexe hinter sich herkommen, und es rief der Kuh zu:

»Kuh, Kuh, versteck mich geschwind,
daß mich die alte Hexe nicht find't!
Find't sie mich, bricht sie all mein Gebein
und begräbt mich unter dem Marmelstein!«

Da verbarg die Kuh das Mädchen. Als die alte Hexe herankam, fragt sie die Kuh:

»Kühlein mein,
Kühlein mein,
Sahst du nicht ein Mädchen kommen,
das all mein Gold hat mitgenommen?«

Die Kuh aber antwortete: »Nein, Mutter, in sieben Jahren nicht.«
Das Mädchen aber eilte weiter, und wie es zu dem Backofen kam, da hörte es die Hexe hinter sich herkommen. Und es rief den Backofen an:

»Ofen, Ofen, versteck mich geschwind,
daß mich die alte Hexe nicht find't!
Find't sie mich, bricht sie all mein Gebein
und begräbt mich unter dem Marmelstein!«

Da sprach der Backofen, es solle sich getrost hinter ihm verstecken. Als die alte Hexe herankam, fragte sie ihn:

»Ofen mein,
Ofen mein,
Sahst du nicht ein Mädchen kommen,
das all mein Gold hat mitgenommen?«

Der Ofen aber antwortete: »Kriech nur in mich hinein und schau in die hinterste Ecke.«
Das tat die Hexe. Als sie aber im Ofen war, schloß dieser die Tür, und sie mußte eine lange Zeit darin bleiben, indessen das Mädchen unversehrt nach Hause gelangte. Dort war die Freude groß über die glückliche Heimkehr der Tochter und über das viele Gold, mit dem sie glücklich leben konnten.
Die ältere Schwester aber wurde neidisch und dachte bei sich: »Du kannst wohl auch dein Glück versuchen und zu jener alten Hexe gehen.«
Sie nahm Abschied von Vater und Mutter und ging den gleichen Weg, den ihre Schwester gegangen.
Als sie aber zu dem Backofen kam, hörte sie nicht auf das Rufen der Brote, sondern sprach zu ihnen: »Nein, ich will mir nicht die Finger verbrennen.«
Als sie aber zu der Kuh kam, hörte sie nicht auf ihre Bitte, sondern sprach zu ihr: »Nein, ich kann dich nicht melken, ich habe es eilig.«
Als sie aber zu dem Apfelbaum kam, hörte sie nicht auf sein Flehen, sondern sprach zu ihm: »Nein, ich kann dich nicht schütteln, ich habe es eilig.«
So ging sie weiter und gelangte endlich zum Hause der Hexe. Sie trat in deren Dienste wie ihre Schwester. Eines Tages, als die Hexe ausgegangen war, schaute sie in den Kamin hinauf und siehe, da fiel ein Sack voll Gold herunter in ihren Schoß. Da nahm sie den Sack und verließ das Haus der Hexe und machte sich auf den Weg zu Vater und Mutter.
Als sie ein Stück gegangen war, hörte sie die alte Hexe hinter sich herkommen. Da eilte sie zu dem Apfelbaum und rief:

»Apfelbaum, Apfelbaum, versteck mich geschwind,
daß mich die alte Hexe nicht find't!

Find't sie mich, bricht sie all mein Gebein
und begräbt mich unter dem Marmelstein!«

Der Apfelbaum aber schwieg. Da eilte das Mädchen weiter. Als die Hexe herankam, fragte sie den Apfelbaum:

»Bäumchen mein,
Bäumchen mein!
Sahst du nicht ein Mädchen kommen,
das all mein Gold hat mitgenommen?«

Da antwortete ihr der Apfelbaum: »Mutter, ich sah es soeben. Jenen Weg dort ist es gegangen.«
Flugs eilte die Hexe auf dem Wege dahin, den ihr der Apfelbaum gewiesen, und fing das faule Mädchen ein, schlug es und nahm ihm alles Gold ab und schickte es mit leeren Händen nach Hause.

[Englisches Märchen]

Die Quatembernacht

****

Es war einmal eine Jungfer, die war so schwarz wie ein Kamin und alt, so alt wie eine Landstraße. Je älter sie wurde, für um so jünger und schöner hielt sie sich. Diese Jungfer hatte nur einen Diener, und der hieß Bartolomäus. Beide lebten mitten im Walde in einem alten verfallenen Schloß voller Fledermäuse und Nachteulen. Die Leute waren überzeugt, daß die Alte eine Hexe sei. Im Keller hatte sie sieben Fässer voller Goldstücke stehen. Jeden Morgen trocknete sie ihr Gold in den Strahlen der aufgehenden Sonne.
Eines Morgens, da sie wie gewöhnlich an der Arbeit saß, kam ein schöner Herr auf seinem Rappen vorbeigeritten.
»Guten Morgen, meine Schöne, was macht Ihr da?«
»Schöner Herr, ich trockne mein Hochzeitsgut in den Strahlen der Morgensonne.«
»Schönes Fräulein, das Hochzeitsgut ist schön, aber die Jungfrau hierzu ist noch schöner. Wollt Ihr mich zum Gemahl?«
»Schöner Herr, reitet Eures Weges, zieh deinen Weg und such mich auf in der Quatembernacht. Du kannst mich in der Nacht der vier Wetter abholen.«
Ein Jahr später klopfte der schöne Herr zur Mitternacht an der Schloßpforte: »Hoh, mein Fräulein, erhebet Euch, es ist Zeit, uns zu vermählen.«
»Schöner Herr, was ist für Wetter draußen?«
»Mein Fräulein, es regnet in Strömen, es regnet wie die Sintflut.«
»Schöner Herr, reite deines Weges. Noch vermähle ich mich nicht.«

Ein Jahr später klopfte der schöne Herr wieder zur Mitternacht an der Schloßpforte.
»Hoh, mein Fräulein, erhebet Euch, es ist Zeit, uns zu vermählen.«
»Schöner Herr, was ist für Wetter draußen?«
»Mein Fräulein, es regnet in Strömen, es regnet wie die Sintflut. Der Sturm tobt, daß man taub werden möchte.«
»Schöner Herr, reite deines Weges, noch vermähle ich mich nicht.«
Ein Jahr später klopfte der schöne Herr wieder zur Mitternacht an die Schloßpforte.
»Hoh, mein Fräulein, erhebet Euch. Es ist Zeit, uns zu vermählen.«
»Schöner Herr, was ist für Wetter draußen?«
»Fräulein, es regnet in Strömen, es regnet wie die Sintflut, der Sturm tobt, daß man taub werden möchte, der Wind reißt den Stieren die Hörner heraus.«
»Schöner Herr, reite deines Weges, noch vermähle ich mich nicht.«
Ein Jahr später klopfte der schöne Herr wieder zur Mitternacht an der Schloßpforte.
»Hoh, mein Fräulein, erhebet Euch, es ist Zeit, uns zu vermählen.«
»Schöner Herr, was ist für Wetter draußen?«
»Mein Fräulein, es regnet in Strömen, es regnet wie die Sintflut. Der Sturm tobt, daß man taub werden möchte, der Wind reißt den Stieren die Hörner heraus. Der Hagel saust nieder, dick und groß wie Fäuste.«
»Schöner Herr, das ist Quatembernacht. Das ist die Nacht der vier Wetter. Nun auf zur Vermählung! Heh, Bartolomäus, auf! Sattle und säume mein weißes Eselein!

Bartel, Bartel, säum dein Roß
führ mein Grautier aus dem Schloß.«

Und schon galoppierte die Alte im Brautkleid mit Bartolomäus und dem schönen Herrn durch den Wald. Es regnete in Strömen, es regnete wie die Sintflut, der Sturm tobte, daß man taub werden mochte, der Wind riß den Stieren die Hörner heraus und der Hagel sauste nieder, dick und groß wie Fäuste.

»Heh, Bartel, schlag mir tapfer drein
peitsch mir mein weißes Eselein!«

»Ja, mein Fräulein!«

»Heh, Bartel, schlag mir tapfer drein
peitsch mir mein weißes Eselein!

Bartolomäus, wie schön ist doch das Wetter!«
»Ja, mein Fräulein!«

»Heh, Bartel, schlag mir tapfer drein
peitsch mir mein weißes Eselein!

Bartolomäus, siehst du die Lichter im Walde?«
»Ja, mein Fräulein, es sind die Wölfe, die uns verfolgen. Ihre Augen funkeln durch die schwarze Nacht.«

»Heh, Bartel, schlag mir tapfer drein
peitsch mir mein weißes Eselein!

Nein, Bartolomäus, das sind die Lichter, die der schöne Herr für mich anzünden ließ. Wie ist er reich, wie ist er schön, wie liebt er mich!«
»Ja, mein Fräulein.«

»Heh, Bartel, schlag mir tapfer drein
peitsch mir mein weißes Eselein!

Bartolomäus, hörst du die Rufe im Walde?«
»Ja, mein Fräulein, es sind die Wölfe, die vor Hunger heulen. Gnade uns!«

»Heh, Bartel, schlag mir tapfer drein
peitsch mir mein weißes Eselein!

Nein, Bartolomäus, der schöne Herr läßt mich mit Gesang empfangen. Wie reich ist er, wie schön ist er, wie liebt er mich!

Heh, Bartel, schlag mir tapfer drein
peitsch mir mein weißes Eselein!«

Da fielen die Wölfe über die Alte und den Esel her. Bartolomäus zog sein Schwert, aber der schöne Herr hielt ihn zurück.
»Bartolomäus, laß diese Bestien ihren Hunger stillen. Es soll dein Schaden nicht sein.«
Als die Wölfe gesättigt und wieder verschwunden waren, sprach der schöne Herr: »Bartolomäus, steig ab und sieh nach, was von der Alten und ihrem Esel übriggeblieben ist.«
»Schöner Herr, von der Alten ist nur ein goldenes Bein übrig und vom Esel vier goldene Hufeisen mit diamantenen Nägeln.«
»Bartolomäus, das alles ist dein, sammle es schnell auf und dann fort von hier!«
Beide kehrten ins Schloß der Alten zurück und lebten dort reich und glücklich.

[Märchen aus der Gascogne]

Die Helfende
und die Heilkundige

****

Weise Frauen, Priesterinnen und Ärztinnen sind die Heldinnen dieses Kapitels. Schon in der Antike unterschied man zwischen weißer und schwarzer Magie, wobei die weiße Magie zur Abwehr von Krankheiten und Gefahren diente.

Die Zauberin im russischen Märchen ›Elena die Weise‹, gibt ihr Wissen und ihre Zauberkunst an ihre Schülerinnen weiter. Die Hexen im schottischen Märchen ›Die Hexe und ihr Ehemann‹ erinnern an die Hexen in Shakespeares ›Macbeth‹. Sie wissen von der moralischen Verantwortung, die sie aufgrund ihrer Zauberkraft haben. Würde ihr Wissen an Uneingeweihte weitergegeben, so geriete »die Welt aus den Fugen«.

Die Retterin

****

Einst hatte ein junger Bauernbursche all sein Hab und Gut in einem Wirtshaus verspielt und vertrunken. Wenn ihn auch danach die Reue bitter ankam, so half doch all sein Jammern und Klagen nun nichts mehr. Und weil er nicht mit leeren Händen nach Hause gehen wollte, so zog er in die weite Welt hinaus.

Wie er so traurig dahinwanderte, da begegnete ihm auf einmal der Grünberockte. Dieser war niemand anders als der Teufel. Und er sprach zu dem Jüngling: »Ich weiß wohl, was dich bedrückt. Gehe um Mitternacht zum kahlen Berge, steige auf seinen Gipfel und klopfe dort dreimal gegen den Fels. Dann wird der Berg sich auftun, und darinnen wirst du Gold in Hülle und Fülle finden.«

Arglos folgte der Jüngling dem Rate des grünen Mannes, denn er erkannte dessen wahre Gestalt nicht. Als er nun um Mitternacht die Spitze des kahlen Berges erklommen hatte, schlug er dreimal gegen das Gestein.

Da erhob sich ein gewaltiges Donnern und Dröhnen, und eine Stimme rief: »Unglücklicher, wer hat dir erlaubt, hier einzudringen? Zur Strafe dafür sollst du in sieben Jahren zur Hölle fahren, es sei denn, ein Mensch stirbt an deiner Statt. Dann rettet er deine Seele und die seinige dazu. Dies aber wird nimmermehr geschehen. Wisse, ich bin der König der Zwerge.«

Eilends floh der Jüngling hinweg, ohne sich auch nur nach dem verheißenen Golde umzusehen. Er ging zu einem Priester und beichtete, und er fastete und betete lange.

In der Fremde aber machte er schließlich sein Glück, und

er fand eine Frau, die war schön von Angesicht, klug und von Herzen treu und gut. Die Jahre vergingen, und er dachte nicht mehr an sein Erlebnis.
Eines Tages aber mußte er gegen die Feinde ins Feld ziehen und seine junge Ehefrau allein zu Hause zurücklassen.
Weil er tapfer für seine Sache gestritten, war aus ihm bald ein Hauptmann geworden, und die Soldaten liebten und verehrten ihn und gehorchten ihm gerne. Eines Nachts hatten sie hoch oben auf den Bergen ihr Lager aufgeschlagen. Der Hauptmann selbst hielt Wache.
Und als er so in die Dunkelheit hinausspähte, da gewahrte er auf einmal eine Gestalt, die vom Tale her den Pfad hinaufstieg. Wie aber wunderte er sich, als er seine junge Frau erkannte. Als sie nun zu ihm gelangt war, fragte er sie, wie um alles in der Welt sie denn den Weg zu ihm gefunden und wie sie denn auf den Gedanken gekommen sei, ihn hier zu besuchen, inmitten der Gefahr.
Da sprach sie: »Ach, lieber Mann, schwere Träume plagten mich. Mir träumte, du wärest gefallen. Da ging ich zu einer alten und weisen Frau und bat sie um Deutung und Rat. Sie aber sprach zu mir, du seiest wohl am Leben, und sie erzählte mir auch, an welchem Orte du gerade bist. Dann aber sprach sie weiter, daß du bald werdest zur Sühne einer Freveltat sterben müssen. Ich allein könnte das Unglück noch wenden. Da ließ ich mir den Weg zu dir weisen, denn es hielt mich nicht mehr zu Hause, und nun bin ich hier.«
Da umarmte der junge Hauptmann seine treue Frau, und er erzählte ihr, was ihm vor sieben Jahren zugestoßen.
Kaum aber hatte er geendet, da war plötzlich ein Geräusch zu vernehmen. Es klang, als rollten winzige Steinchen talwärts. Und als sie sich beide umsahen, da erkannten sie im Mondlicht Männer, die auf das Lager zuschlichen.
Rasch weckten sie die schlafenden Soldaten, und bald erhoben sich Kampfgeschrei und Schlachtgetümmel. Mutig

kämpften die Männer des Hauptmanns, und tapfer schlugen sie sich, und mitten unter ihnen kämpfte auch die Frau. Doch die Feinde waren stärker, denn es waren ihrer dreimal so viele.
Da erhob der Anführer der Feinde seine Stimme und rief ihnen zu: »Freien Abzug gewähre ich euch, wenn ihr uns dafür euren Hauptmann übergebt.«
Weinend bestürmte da die Frau ihren Mann, den Feinden zu trotzen und lieber samt ihr und seinen Soldaten zu sterben.
Er aber antwortete, er sei bereit, sein Leben getreu seinem Schwur zu opfern. Jedoch hielten ihn seine Männer fest und hinderten ihn am Fortgehen, denn sie liebten ihren Hauptmann und wollten eher mit ihm in den Tod ziehen, als ihn preiszugeben.
Die Frau aber erhob sich, legte Männerkleider an und ging den Feinden entgegen. Wie wunderten sich diese, als statt des Hauptmanns eine Frau zu ihnen trat. Sie brachten sie vor ihren Anführer. Da sprach dieser: »Hat man je ein Weib in einer Schlacht gesehen? Diese muß eine Hexe sein.«
Er staunte aber ob ihrer Schönheit und hätte sie gerne zur Frau gehabt, und so sprach er zu ihr: »Weib, wenn du meine Geliebte und Gattin werden willst, so schenke ich dir dein Leben. Weigerst du dich aber, so will ich dich als Hexe verbrennen lassen.«
Inständig bat da die Frau, das Leben ihres Mannes zu schonen. Allein ihr Bitten und Flehen war vergeblich. Da weigerte sie sich, die Geliebte und Gattin des Feindes zu werden. Und er fragte sie ein drittes Mal, aber sie ließ sich nicht beirren. Sie sprach, sie sei nur dann zu allem bereit, wenn ihrem Mann und seinen Kriegern nichts geschehe.
Da wurde der feindliche Anführer zornig, sprach, sie sei eine Hexe und ließ den Scheiterhaufen errichten. Ohne einen Laut von sich zu geben, starb die Frau in den Flam-

men. Doch siehe, da kam eine Taube geflogen und trug ihre Seele geradewegs ins Paradies.

In diesem Augenblick aber kamen vom anderen Berge her dem Hauptmann wohlgesonnene Freunde und Brüder, sie konnten das feindliche Heer schlagen. Doch dabei fiel der Hauptmann, und auch seine Seele stieg in den Himmel, und dort sind die beiden Gatten auf ewig vereint.

[Märchen aus Norditalien]

Goldmariken und Goldfeder

****

Es war einmal ein Edelmann, der hatte eine wunderschöne Tochter, die hieß Goldmariken. Einst wollten ihre Eltern ausfahren, und da wollte Mariken gerne mit, aber die Eltern wollten es nicht haben. Da blieb Goldmariken allein zu Hause.

Nachts aber, als sie wieder nach Hause wollten, verirrten sie sich in einem großen Wald und konnten sich gar nicht wieder zurechtfinden. Endlich begegnete ihnen ein großer Pudel.

»Ich will euch wohl auf den rechten Weg bringen«, sagte der Pudel, »wenn ihr mir das geben wollt, was aus eurem Hause euch zuerst begegnet.«

Da dachten die Eltern gleich an ihr liebes Goldmariken und fürchteten, sie möchte ihnen zuerst entgegenkommen; aber da das Wetter immer schlimmer ward und sie den Weg ganz verloren hatten, so willigten sie endlich ein und versprachen dem Pudel, was er verlangt hatte, denn sie dachten, vielleicht kommt unser Haushund auch zuerst an unseren Wagen. Nun waren sie bald zu Hause; aber die erste, die an ihren Wagen kam, war richtig doch niemand anders als Goldmariken. Da sprach der Pudel: »Jetzt gehört sie mir und nicht euch.«

Aber die Eltern baten so viel, er möge sich alles andre nehmen und ihnen nur ihr liebes Goldmariken lassen; allein dem Pudel war es grade recht, daß er Goldmariken haben sollte; darum half kein Bitten. Nur drei Tage wollte er Frist geben, dann würde er wiederkommen und sie abholen.

Goldmariken benutzte nun die Zeit, um von allen Verwandten und Bekannten Abschied zu nehmen; sie war bei allen ihren Klagen ganz ruhig und zufrieden. Am letzten Abend sagte Goldmariken zu ihrer Mutter: »Nun will ich unserer alten Nachbarin auch noch adieu sagen.«

»Meine Tochter«, antwortete die Mutter, »was willst du noch bei der alten Frau tun?«

»Ja«, sagte Goldmariken, »ich will und muß dahin.«

Sie ging also hin, und als sie da kam, sagte die Alte: »Fürchte dich nicht, mein Kind! Ich will dich heute abend, wenn du diese Nacht bei mir bleiben willst, das Zaubern lehren, daran sollst du dein ganzes Leben denken, und das wird dir viel nützen.«

Goldmariken wurde ganz froh und ging zu ihrer Mutter, um zu sagen, sie wollte diese Nacht bei der Nachbarin schlafen.

Da sagte die Mutter: »Was willst du doch bei der Alten schlafen?«

Aber Goldmariken hörte nicht darauf, sondern ging des Abends doch hin.

Sie gingen nun miteinander zu Bett, und als Goldmariken am andern Morgen aufstand, konnte sie alles hervorzaubern, was sie wollte. Sie dankte der Alten von Herzen, und hoffte nun durch ihre Kunst ihre Eltern sehen zu können, so oft sie wollte.

Als sie nun nach Hause kam, war der Pudel auch schon da, sie abzuholen. Goldmariken nahm Abschied von ihren bekümmerten Eltern, sagte aber nichts davon, daß sie das Zaubern gelernt hätte. Als sie aufs Feld kamen, sprach der Pudel: »Setze dich auf meinen Rücken, so will ich dich wohl zur Stelle bringen.«

Goldmariken tat das, und es dauerte nicht lange, so kamen sie zu einem Hause, darin wohnten zwei Mädchen; da gingen sie hinein, und der Pudel verwandelte sich zu einem alten Weibe, das war die Mutter von den beiden Mädchen. »Nun«, sprach sie, »habe ich drei Mädchen, daran ich mich ergötzen kann. Du, Goldmariken, sollst es recht gut bei mir haben, wenn du nur immer gehorsam bist.«

Goldmariken versprach das, und wenn die Alte sagte, Goldmariken, tue dies oder das, so konnte sie immer leicht damit fertig werden, denn sie zauberte sich nur immer alles zurecht.

Einst ging die Alte wieder als Pudel in den Wald; da fand sie einen jungen hübschen Mann, der hatte sich verirrt und hieß Goldfeder. Der Pudel sprach zu ihm: »Ich will dich hinausführen, wenn du mir versprichst, nachher zu mir zu kommen und bei mir zu bleiben.«

Goldfeder antwortete, daß er nichts dazu sagen könne, denn er sei eines Königs Sohn und müsse zuvor erst mit seinem Vater sprechen. Endlich aber, da er sich gar nicht zurechtfinden konnte, mußte er doch ja sagen und dem Pudel versprechen, ihm zu gehören; da brachte der Pudel Goldfeder aus dem Walde an den Hof seines Vaters. Aber nach drei Tagen kam er wieder, um Goldfeder abzuholen. Der Vater wollte es nicht zugeben, mußte aber doch darein willigen, denn der Pudel sprach: »Goldfeder hat es versprochen, und er muß Wort halten.«

Da mußte Goldfeder mit und kam nun dahin, wo Goldmariken war. Goldmariken sprach zu Goldfeder: »Nimm dich in acht vor der Alten, denn das ist keine Gute, sie kann mehr als Brot essen, morgen sollst du gewiß Gras ummähen.«

»Ja«, sagte Goldfeder, »das kann ich nicht, ich weiß nicht, wie ich das machen soll.«

Am Abend sagte auch die Alte zu ihm: »Goldfeder, mache eine Sense zurecht, denn morgen sollst du Gras mähen.«

Da ging Goldfeder zu Goldmariken und sagte: »Ich soll eine Sense zurechtmachen und verstehe es nicht.«

»Oh«, sagte sie, »klopfe nur ein bißchen auf die Sense, dann wird sie bald fertig werden.«

Das tat Goldfeder, und die Sense war sogleich zurecht.

Am andern Morgen sagte die Alte: »Goldfeder, gehe hin und mähe das Gras!«
Er ging aber erst zu Goldmariken und fragte sie: »Wie fange ich das an? Ich verstehe nichts davon.«
Goldmariken antwortete: »Streiche du nur die Sense, daß es klingt, gegen die Zeit, wenn dir die Alte das Essen bringt.«
Nun ging Goldfeder auf die Wiese und legte sich erst nieder und schlief; zu der Zeit aber, als ihm das Essen gebracht werden sollte, strich er die Sense, daß es klang; da fiel alles Gras auf einmal um. Nun kam die Alte, und sie sah, daß alles getan war, da lobte sie ihn wegen seines Fleißes und versprach ihm, daß er es gut dafür haben sollte.
Am andern Tag sprach die Alte wieder zu Goldfeder: »Heute, mein Sohn, geh hin und mache ein Beil scharf, dann sollst du Holz hauen!«
Er aber wußte wieder nicht, wie er ein Beil scharfmachen sollte, ging darum wieder zu Goldmariken, um sich Rat zu holen. Diese sagte: »Nimm einen Stein und streiche das Beil nur zwei-, dreimal darauf her und hin, dann wird es wohl scharf sein.«
Goldfeder strich das Beil auf einem Stein zwei-, dreimal her und hin, und in einem Augenblick hatte er es scharf. Bald darauf sagte die Alte: »Nun geh in den Wald und hau mir Holz!« Er ging, aber er konnte gar nichts schlagen. Endlich kam Goldmariken und brachte ihm Frühstück.
»Ach«, sagte er, »du mußt mir doch wieder helfen, denn ich verstehe das Holzhauen nicht.«
»Ja«, sagte sie, »ich soll dir immer helfen, und du hilfst mir nie!«
»O süßes Goldmariken«, antwortete Goldfeder, »glaube mir, ich will dich auch immer lieb haben und nie verlassen, so lange nur noch ein Tropfen warmes Blut in mir ist. Hilf mir nur auch diesmal aus der Not!«

»Nun denn«, sagte sie, »so kehre das Beil nur um und schlage an den Baum!«
Da lag im Nu alles Holz umgehauen. Mittags, als die Mutter kam, lobte sie ihn, daß er so fleißig gewesen sei und versprach ihm, daß er es auch ferner gut haben solle. Als Goldfeder nun abends nach Hause kam, legte er sich auf sein Bett und dachte an seine Eltern, aber mehr noch an Goldmariken.
Am andern Morgen sprach die Alte: »Du kannst wohl einige Harken zurechtmachen, denn heute sollt ihr das Heu kehren und eintragen.«
»Mutter«, sagten die Töchter, »wie sollen wir das Heu eintragen? Das geht doch nicht.«
»Ja«, sagte sie, »das soll geschehen, und ihr müßt es tun!«
Da ging Goldfeder hin, und nachdem Goldmariken ihm geholfen, waren die Harken fertig. Als nun die beiden Töchter mit Goldfeder hinaus auf die Wiese gingen und auch Goldmariken kam, sagte Goldfeder leise zu ihr: »Wie sollen wir nun das Heu eintragen?«
»Nimm du nur«, sprach sie, »wie ich es mache, einen Stock auf den Nacken; dann wird das Heu schon kommen.«
Als nun die beiden Töchter mit Heu auf der Harke vorausgingen, nahmen Goldmariken und Goldfeder ihre Stöcke auf den Nacken, und alles Heu kam hinterher, und bald hatten sie es da zusammen, wo es liegen sollte. Da kam die Alte und lobte Goldfeder und die andern, daß sie alle so fleißig gewesen waren.
Nun sollte er am Tag darauf das Holz nach Hause tragen. Als er aber hinging, konnte er gar wenig fortbringen, und war gleich müde; da klagte er es wieder Goldmariken. Die aber sprach: »Mach es nur so wie beim Heu«, und als Goldfeder das tat, war gleich alles Holz zu Hause.
Da sprach die Alte: »Mache jetzt auch Spaten zurecht, denn morgen sollst du Lehm graben, und mache auch For-

men zu Mauersteinen, denn du sollst mir Lehmsteine streichen.«

Goldmariken mußte ihm wieder helfen, da waren Spaten und Formen bald fertig, und als er nun Lehm graben sollte und er nichts herausbringen konnte, kam Goldmariken und sagte ihm, er sollte nur tüchtig mit dem Spaten stoßen, dann würde der Lehm von selbst herausfliegen. Als Goldfeder nun mit der Arbeit fertig war, da kam die älteste der Töchter und lobte ihn gar sehr; aber Goldmariken sprach: »Ihr lobet mir ihn allzuviel, ich habe doch auch mitgearbeitet.«

Aber die Tochter meinte, Goldfeder verdiente doch viel mehr Lob.

»Das bedeutet nichts Gutes für mich«, sagte Goldmariken zu Goldfeder, als jene nachher weggegangen war, »daß sie dich so sehr lobte«; aber Goldfeder antwortete: »Ich will dir ganz gewiß treu bleiben, liebes Goldmariken, solange ich lebe.«

Als jetzt die Alte kam, sagte sie, er solle nun Lehmsteine streichen. Goldfeder tat das, und als sie trocken waren, sollte er sie nach Hause schaffen, aber sie waren ihm viel zu schwer. Da ging er wieder zu Goldmariken, sich Rat zu holen.

»Du bist doch recht ein Dummerjan«, sagte sie, »ich habe es dir ja so oft gesagt, du solltest nur einen Stock auf den Nacken nehmen, und dann würde alles wohl nachkommen.«

Goldfeder nahm einen Stock auf den Nacken, und alle Steine folgten ihm.

Nun sprach die Alte: »Verstehst du auch einen Ofen zu bauen?«

»Nein«, sagte er, »aber ich will mir Mühe geben.« Goldfeder machte sich ans Werk, konnte aber weder Lehm zurechtmachen noch die Steine legen; er ging also wieder zu Goldmariken, daß sie ihm aus der Not helfe.

»Oh, du verstehst auch nichts«, antwortete sie, »nimm einen Stock und schlage in den Lehm, dann wird er wohl was taugen, und beim Mauern kannst du ja nur ein bißchen auf einen Stein pinkern, dann wird der Ofen wohl fertig!«
Als er fertig war, kam Goldmariken zu ihm und sprach: »Wir müssen uns nun bald reisefertig machen, denn ich habe die Alte sagen hören, daß wir ihr zu klug würden, und wenn der Ofen fertig sei, wir darin sollten gebraten werden. Aber ich sage dir, Goldfeder, wenn dir dein Leben lieb ist, so verlasse mich nicht, denn du allein vermagst nichts gegen sie. Morgen will sie dich ruhen lassen, um dich übermorgen zu braten, darum sei auf deiner Hut.«
Goldfeder wurde ganz bange, es kam aber so, wie Goldmariken gesagt hatte.
»Morgen«, sagte die Alte, »kannst du ausruhen.«
Aber ganz frühe, da es eben Tag wurde, stand Goldmariken auf und weckte Goldfeder. Sie machten sich schnell reisefertig, und als sie davongehen wollten, spuckte Goldmariken ihre Kammertür zweimal an auf beiden Seiten und sprach: »Wenn die Alte mich zum ersten Male ruft, dann antwortest du, ich komme, und ruft sie zum zweiten Male, so antwortest du, ich komme gleich.«
Morgens schrie die Alte nun nach Goldmariken; da antwortete die Tür aus der Kammer: »Ich komme!« Als sie wieder zum zweiten Male rief, antwortete die Tür aus der Küche: »Ich komme gleich!«
Aber niemand kam. Da stand die Alte endlich auf, sah in der Kammer und in der Küche nach; da waren Goldmariken und Goldfeder fort. Nun weckte sie schnell ihre beiden Töchter und sprach: »Steht auf, Goldfeder und Goldmariken sind fort, und ihr müßt ihnen nach! Gehe du zuerst«, sprach sie zu der jüngsten, »am Abhange vor dem blauen Berge steht ein Rosenbusch mit einer verdorrten

Rose, die mußt du auf jeden Fall abpflücken und mir bringen.«
Die Tochter ging und eilte den Flüchtlingen nach. Diese waren schon eine gute Strecke gegangen, endlich aber sprach Goldmariken zu Goldfeder: »Tritt mir auf den linken Fuß und sieh mir über die rechte Schulter, ob uns auch jemand nachkommt!«
Da sprach Goldfeder: »Die jüngste Tochter der Alten kommt uns nachgelaufen!«
Goldmariken sagte: »So will ich mich zu einem Rosenbusch und dich zu einer verdorrten Rose machen, aber laß dich nicht abbrechen und stich tüchtig; denn bricht sie dich ja ab, so sind wir beide verloren!«
Als nun das Mädchen den Busch sah, wollte sie die Rose abpflücken, aber die stach so sehr, daß sie davon absehen mußte. Da ging sie wieder nach Hause, aber von ihrer Mutter bekam sie viel Schelte, daß sie so dumm gewesen wäre.
Dann sprach die Mutter zu der ältesten Tochter: »Nun gehe du aus, und wenn du über den blauen Berg kommst, so steht da eine weiße Kirche, darin steht ein Prediger auf der Kanzel, den fasse bei der Hand an und nimm ihn mit!«
Goldmariken und Goldfeder waren unterdes weitergegangen, bald aber sprach Mariken wieder: »Tritt mir auf den linken Fuß und sieh mir über die rechte Schulter, ob uns auch jemand nachkommt!«
»Ja«, sagte Goldfeder, »die älteste Tochter kommt!«
»So will ich«, sprach Goldmariken, »mich in eine Kirche und dich in einen Prediger verwandeln, aber laß dich ja nicht anfassen, denn sonst sind wir verloren!«
Nun kam die älteste Tochter und ging in die Kirche, aber zu der Kanzel konnte sie nicht kommen und mußte so wieder nach Hause. Nun aber wurde die Alte schrecklich böse und lief gleich selber fort. Da sprach Goldmariken wieder zu Goldfeder: »Tritt mir auf den linken Fuß und

sieh mir über die rechte Schulter, ob uns auch jemand nachkommt!«

»Ja«, sagte Goldfeder, »nun kommt die Alte selbst!«

»So will ich mich zu einem Teich, dich aber zu einer Ente machen; aber ich sage dir, Goldfeder, laß dich nicht an den Rand locken, daß sie dich fassen kann, ihre goldnen Ringe aber, die sie hinwerfen wird, um dich zu fangen, die nimm, wenn du sie ohne Gefahr kriegen kannst!«

Nun kam die Alte zum Teich und lockte die Ente, die immer herumschwamm. Sie warf ihre goldenen Ringe, einen nach dem andern, hinein, aber die Ente ließ sich nicht dadurch verführen, bis die alte Hexe zuletzt keinen Ring mehr hatte; da wurde sie so böse, daß sie den Teich austrinken wollte, und da legte sie sich nieder und trank so lange, bis sie zerplatzte. Nun nahmen Goldmariken und Goldfeder ihre wahre Gestalt wieder an und schworen einander ewige Treue und daß sie sich nie verlassen wollten; von der Alten aber hatten sie nun nichts mehr zu fürchten.

Nach langer Wanderung kamen sie endlich in die Stadt, wo Goldfeders Vater wohnte und König war. Als sie nun vor das Schloß kamen und Goldfeder hineinwollte, sagte Goldmariken zu ihm: »Höre, Goldfeder, ich bitte dich nur um eins, damit du mich nicht, wenn du in deines Vaters Haus kommst, vergißt und mich nicht hier draußen auf dem breiten Stein stehen läßt: hüte dich davor, daß dir jemand einen Kuß gibt; dann hat's keine Not, daß du mich so bald vergißt.«

Goldfeder versprach das und dachte der Warnung, als er ins Haus kam und Vater und Mutter ihm entgegeneilten und ihn begrüßen wollten; er küßte sie nicht. Als er aber in die Stube trat, da war da seine alte Braut, die hieß Menne; sobald die ihn sah, sprang sie voll Freuden auf, lief auf ihn zu und hatte ihn geküßt, ehe er sich's versah. Da war ihm in einem Augenblick sein Goldmariken aus dem Sinn.

Das stand lange draußen auf dem breiten Stein und wartete; als aber niemand kam, da weinte sie noch erst lange Zeit, dann aber, als sie sich ausgeweint hatte, ging sie fort, zog in ein kleines Haus, dem Schloß gegenüber, und gab sich für eine Näherin aus. Da wohnte sie nun ganz allein, nur ein paar Tauben waren zur Gesellschaft bei ihr in der Stube, und auf dem Grasplatz hinterm Hause hatte sie ein kleines Kalb gehen, das fütterte sie tagtäglich und hatte ihre Freude daran, es großzuziehen. Weil sie aber so geschickt im Nähen war, so bekam sie bald Arbeit vollauf; kein Mädchen in der ganzen Stadt, sagte man, wüßte es feiner und zierlicher zu machen als Goldmariken.

Nun hatten die jungen Herren vom Schloß und in der ganzen Stadt aber es auch bald herausgebracht, was Goldmariken für ein hübsches Mädchen sei, und sie wären gerne mit ihr näher bekannt geworden. Aber Goldmariken kehrte sich nicht an ihnen und sah gar nicht von der Arbeit auf, wenn sie immer vor ihrem Fenster auf und nieder gingen. Da waren drei Brüder unter den Hofleuten auf dem Schloß, die waren vor allem in Goldmariken verliebt. Sie baten endlich ihre Mutter um etwas feine Leinwand, Goldmariken mache so niedliche Arbeit, sie wollten sich von ihr ein paar Kragen nähen lassen. Der älteste ging zuerst hin, sagte Goldmariken guten Tag und setzte sich nieder und sprach mit ihr.

»Morgen abend könnt Ihr Eure Kragen holen«, sagte Goldmariken. Als er nun am andern Abend wiederkam, um die Kragen zu holen, da bat sie ihn, noch ein wenig zu bleiben; und so blieb er auch bis zur Bettzeit. Da wollte er wieder fort; aber Goldmariken sagte: »Ihr könnt auch gerne diese Nacht bei mir bleiben.« Damit war der junge Mann ganz zufrieden. Als Goldmariken aber zu Bette wollte, hieß sie ihn hingehen und die Haustür zuschließen, und als er das Schloß anfaßte, rief sie:

»Mann an Schloß und Schloß an Mann,
Daß ich geruhig schlafen kann.«

Da saß er an der Tür fest und mußte die ganze Nacht da stehenbleiben. Morgens aber, als Goldmariken aufgestanden war, fiel es ihr ein, daß er da noch stehe, und sie sagte:

»Mann vom Schloß und Schloß vom Mann,
Daß er hereinkomme und sich für ruhigen Schlaf
bedank.«

Da kam er herein, dankte für den ruhigen Schlaf, nahm seine Kragen, mit denen er sehr zufrieden war, und ging. Zu Hause aber sagte er nichts. Aber der jüngere Bruder sprach: »Heute abend muß ich hin.«
Abends ging er nun zu Goldmariken und sagte: »Ich wünsche gerne ein paar Kragen genäht zu haben, wie mein Bruder sie bekommen hat.«
»Das kann auch angehen«, sagte Goldmariken, »sitzt nur ein wenig nieder und verweilt Euch.«
Der Abend ging nun so hin, Goldmariken nähte, und sie sprachen miteinander; aber um die Bettzeit wollte er fortgehen. Da sagte sie auch zu ihm, daß er diese Nacht gerne bei ihr bleiben könnte. Als sie aber zu Bett wollte, sprach sie: »Ich habe ganz vergessen, die Gartentür zuzumachen; wollt Ihr so gut sein und das für mich tun?«
»Recht gern«, sagte der junge Mann und lief schnell hin. Als er aber den Ring an der Tür angefaßt hatte, rief sie:

»Mann an Ring und Ring an Mann,
Daß ich geruhig schlafen kann.«

Da konnte er nicht loskommen und mußte die ganze Nacht da stehenleiben, bis morgens Goldmariken aufstand und sagte:

»Mann vom Ring und Ring vom Mann,
Daß er hereinkomme und sich für ruhigen Schlaf
bedank.«

Dann ließ der Ring los, und er kam herein und bedankte sich für ruhigen Schlaf.
Als er nun mit seinen Kragen nach Hause kam, fragte ihn sein ältester Bruder gleich: »Wo hast du diese Nacht gestanden?«
»Was?« antwortete er. »Ich habe geschlafen.«
»Das ist nicht wahr«, sagte jener, »sage mir, wo du gestanden, so sage ich dir, wo ich gestanden habe.«
Da sagte er: »Ich habe bei der Gartentür gestanden.«
»Und ich bei der Haustür«, sagte der andre. Nun aber machten es die beiden untereinander ab, ihrem jüngeren Bruder nichts davon zu sagen, damit er auch angeführt werde. Der jüngste Bruder ging am Abend hin.
»Guten Abend, Goldmariken«, sprach er, »willst du mir nicht ein paar Kragen nähen, wie meine Brüder welche bekommen haben, aber womöglich noch hübscher als sie?«
»Herzlich gern«, antwortete Goldmariken, »setze dich nur ein wenig nieder und warte.«
Als nun der Abend zu Ende war, bat sie ihn auch, die Nacht bei ihr zu bleiben. Das wollte er sehr gerne. Aber als Goldmariken zu Bett gehen wollte, sprach sie: »Ach, mein Kalb ist noch nicht getüdert, es geht auf dem Hofe, tu mir den Gefallen!«
»Mit Freuden«, sagte er und lief hinaus. Als er aber das Tau anfaßte, sprach sie:

»Mann an Tau und Tau an Mann,
Daß ich geruhig schlafen kann.«

Da lief das Kalb mit ihm über Stock und Block und durch dick und dünn die ganze Nacht hindurch. Am andern Morgen erinnerte Goldmariken sich, daß der junge Mann noch mit dem Kalb herumliefe, und sagte:

»Mann vom Tau und Tau vom Mann,
Daß er hereinkomme und sich für ruhigen Schlaf
bedank.«

Nun kam er herein, dankte für ruhigen Schlaf und freute sich sehr über seine Kragen, die noch viel schöner waren als die seiner Brüder. Als er nach Hause kam und seine Brüder ihn fragten, gestand er aber nicht, daß er die ganze Nacht mit dem Kalb herumgelaufen wäre.
Während dieser Zeit war es so weit gekommen, daß Goldfeder mit Menne Hochzeit geben sollte. Als nun der Wagen mit dem Brautpaar vom Schloß herunterkam und bei Goldmarikens Fenstern vorbeifahren wollte, da wünschte sie, daß er sogleich vor ihrer Tür in einen tiefen Morast versinken sollte. Der Wagen blieb stecken, und Pferde und Menschen konnten ihn nicht von der Stelle bringen. Da ward der alte König sehr verdrießlich und befahl, mehr Pferde vorzuspannen und daß mehr Menschen anfassen sollten; aber es half alles nichts. Unter der Dienerschaft, die den Bräutigam zur Kirche begleiten sollte, waren nun auch die drei Brüder. Da sprach der älteste von ihnen zu dem König: »Hier in dem kleinen Hause wohnt ein Mädchen, die kann zaubern, gewiß hat sie den Wagen hier festgezaubert.«
»Woher weißt du denn, daß sie das kann?« sagte der alte König. Er antwortete: »Sie hat mich einmal an die Tür gezaubert, und da habe ich eine ganze Nacht daran stehen müssen!«
»Ja«, sprach der zweite Bruder, »aber wenn sie einen festgezaubert hat, so zaubert sie einen auch wieder los.«
»Und woher weißt du das?« fragte der König.
»Ich habe einmal die ganze Nacht an ihrer Gartentür stehen müssen, aber am Morgen hat sie mich wieder freigemacht.«
Da wollte der alte König schon zu Goldmariken hineinschicken, aber der jüngste Bruder sprach: »König, das

Mädchen hat auch ein Kalb, das hat Kräfte für zehn Pferde; laßt den Bräutigam zu ihr hineingehen und sie bitten, es uns zu leihen; so wird der Wagen schon loskommen.«
»Ja«, sagte der Bräutigam, »das will ich schon tun«, stieg aus dem Wagen und ging zu Goldmariken und bat sie ganz freundlich, ihm das Kalb zu leihen; denn er hätte gehört, es hätte so viele Kräfte.
»Ja«, antwortete sie, »das Kalb könnt Ihr gerne nehmen, aber Ihr müßt mir versprechen, daß ich noch mit zur Hochzeit geladen werde und meine beiden Tauben auch.«
Der Bräutigam versprach ihr das, und als nun das Kalb vorgespannt war, zog es den Wagen ganz leicht heraus.
Als die beiden jungen Leute nun nach der Trauung nach Hause kamen und viele Gäste sich versammelt hatten, da kam auch Goldmariken mit ihren beiden Tauben. Sie wurde ganz freundlich empfangen und in den Saal geführt; ihre Tauben aber blieben immer bei ihr und saßen ihr auf beiden Schultern. Nun ging es zu Tisch, und köstliche Gerichte wurden aufgetragen, man setzte auch Goldmariken davon vor, aber sie rührte keinen Bissen an und saß ganz stumm und traurig. Da wunderten sich die Leute darüber, daß das schöne Mädchen so traurig sei und nichts von den Speisen anrührte; als man sie aber darum fragte, da antworteten die Tauben:

»Täubchen, Täubchen mag nicht essen,
Goldfeder hat Goldmariken auf dem Stein
vergessen.«

Das hörte der Bräutigam, und er befahl den Dienern, ihr noch köstlichere Speisen vorzusetzen; aber Goldmariken rührte nichts an, und die Tauben sagten:

»Täubchen, Täubchen mag nicht essen,
Goldfeder hat Goldmariken auf dem Stein
vergessen.«

Da wurde der Bräutigam ganz nachdenklich, sah Goldmariken einmal recht genau an und erkannte sie. Dann sprach er zu seiner Braut: »Liebe Braut, du mußt mir doch eine Frage beantworten. Ich habe einen Schrank, dazu habe ich zwei Schlüssel, einen alten, den ich einmal verloren, nun aber wiedergefunden habe, und einen neuen, den ich mir für den alten, als er verloren war, anschaffte. Sage mir nun, welchen ich zuerst nehmen und gebrauchen soll, den alten oder den neuen?« Da antwortete sie: »Den alten mußt du zuerst nehmen!«

»Nun«, sagte er, »so hast du dein eigen Urteil gesprochen, denn dies ist mein liebes Goldmariken, mit der ich Freud und Leid bei der alten Hexe im Walde geteilt habe, die mir allezeit half und mich gerettet hat und der ich ewige Treue geschworen.«

Da mußte Menne von Goldfeder abstehen, und alle Leute, ihre und seine Eltern sagen, daß keine es auch mehr verdient hätte, seine Frau zu werden, als Goldmariken. So feierten sie denn miteinander Hochzeit und lebten viele, viele Jahre glücklich.

[Märchen von der Insel Fehmarn]

Die Hexe und ihr Ehemann

****

Vor langer Zeit lebten in Schottland ein alter Mann und seine Frau. Der Alte war friedfertig und gut und bei jedermann beliebt. Die Frau aber war wankelmütig und sonderbar. Die Nachbarn sahen sie schief an und flüsterten einander zu, sie sei eine Hexe. Ihr Mann befürchtete das auch, denn von Zeit zu Zeit verschwand seine Frau in der Dämmerung und blieb die ganze Nacht fern von daheim. Wenn sie morgens heimkehrte, sah sie ganz blaß und erschöpft aus, als sei sie weit fort gewesen oder habe harte Arbeit hinter sich. Obwohl er sie sorgsam beobachtete und zu ergründen suchte, wohin sie eigentlich gehe, gelang ihm das niemals. Immer schlüpfte sie aus der Tür, wenn er einmal nicht achtgab, und bevor er ihr folgen konnte, war sie verschwunden. Als er schließlich die Ungewißheit nicht länger ertragen wollte, fragte er sie geradeheraus: »Bist du eine Hexe oder nicht?«

Das Blut gerann ihm in den Adern vor Schrecken, als sie ihm ohne zu zögern antwortete: »Ja, ich bin eine Hexe, und wenn du mir versprichst, daß du es niemandem weitererzählst, werde ich dir nach dem nächsten Hexenausflug alles berichten.« Der gute Mann versprach es, denn er wollte so viel wie nur möglich über die Zauberkünste seiner Frau erfahren.

Er brauchte nicht lange zu warten. In der folgenden Woche war Neumond, und jeder weiß ja, daß Neumond die beste Zeit für die Hexen ist. In der ersten Neumondnacht schon verschwand die Alte und kehrte erst bei Morgengrauen wieder zurück.

Als er sie fragte, wo sie gewesen, fing sie fröhlich an zu erzählen.
»In der alten Heide hinter der Kirche traf ich mich mit meinen vier Gefährtinnen. Wir bestiegen grüne Lorbeerzweige und Schierlingstengel. Diese verwandelten sich sogleich in Pferde, und wir ritten auf ihnen schnell wie der Wind über das Land, um Füchse, Wiesel und Eulen zu jagen. Danach durchschwammen wir eine Furt und erreichten den Gipfel des Bell-Lomond. Dort sprangen wir von den Pferden und tranken Bier, das in keiner irdischen Brauerei gebraut, aus Hörnern, die keine sterbliche Hand geformt. Danach kam ein winzig kleines Männchen unter einem bemoosten Stein hervor, das einen zierlichen Dudelsack unter dem Arm trug. Das Männchen blies so schön, daß die Forellen aus dem Wasser hochschnellten und die Hermeline aus ihren Löchern hervorhuschten. Und die Raben und die Reiher kamen im Finstern und setzten sich auf die Bäume, um zu lauschen. Wir Hexen tanzten, bis wir müde wurden und kaum mehr auf unsern Rössern reiten konnten, als wir vor dem Hahnenschrei heimkehren sollten.«
Schweigend lausche der brave Mann der langen Geschichte. Mehrmals schüttelte er den Kopf und sagte: »Ihr hättet es daheim gemütlicher gehabt. Was habt ihr nur von all dem Getanze?«
Beim nächsten Neumond verschwand die Alte wiederum zur Nacht, und als sie bei Morgengrauen zurückkehrte, erzählte sie: »Dieses Mal haben wir Herzmuschelschalen als Boote genommen und sind über die stürmische See bis Norwegen gesegelt. Dort bestiegen wir unsichtbare Sturmpferde und sind über Berge, Schluchten und Gletscher bis ins Land der Lappen geritten, wo noch Schnee lag. Hier aber feierten alle Elfen, Feen und Meerfrauen des Nordens ein Fest mit den Zwergen, Zauberern und Kobolden, die noch nie ein menschliches Augen erblickt

hatte. Sogar der wilde Jäger selbst ist zu dem Fest gekommen. Und wir Hexen tanzten, schlemmten und sangen mit ihnen. Auch lernten wir neue Zauberworte von ihnen, Worte, die durch die Lüfte tragen, alle Riegel und Schranken sprengen und zu jedem Ort Zutritt verschaffen, an den man sich wünscht. Trunken von all der neuen Weisheit sind wir dann heimgekehrt.«

»Wie seid ihr nur auf ein solches Land verfallen«, brummte der Alte. »In euren Betten wär's ein gut Teil wärmer gewesen.«

Doch als die Frau von ihrem nächsten Abenteuer heimkehrte, wurde er aufmerksamer auf ihr Treiben. Sie erzählte ihm nämlich, daß sie und ihre Freundinnen in einer Hütte zusammengekommen wären, und dort sei ihnen zu Ohren gekommen, daß der Lordbischof von Carlisle einige seltene Weine in seinem Keller liegen habe. Rasch hätten sie ihre Füße auf den großen Haken gesetzt, an dem der Wasserkessel im Kamin hing, und die Zauberformeln von Lappland gesprochen. Und ehe sie sich versahen, flogen sie wie Rauchschwaden durch den Kamin und segelten wie Federwölkchen durch die Lüfte. Schneller als es sich berichten ließe, seien sie zum Bischofspalast gekommen. Riegel und Schranken seien zurückgewichen, sie seien in den Keller hinabgestiegen und hätten den Wein gekostet. Doch beim ersten Hahnenschrei seien sie nüchterner als andere alte Weiber zurückgekommen.

Als der Alte dies hörte, erhob er sich von seinem Stuhl, denn er liebte guten Wein über alles, fand aber selten Gelegenheit, welchen zu kosten.

»Meiner Treu!« rief er. »Du bist wahrlich ein Weib, auf das man stolz sein kann. Sage mir doch die Zauberworte, denn ich will mich auch aufmachen und seiner Lordschaft Wein persönlich versuchen.«

Doch die Frau schüttelte den Kopf und sprach: »Nein, nein, das darf ich nicht. Die Männer können ihre Zunge nicht hüten. Täte ich's, so sagtest du es weiter, und bald würde die ganze Welt auf dem Kopf stehen. Jedermann würde seine Arbeit im Stich lassen, über die Erde dahinfliegen und nach den Leckerbissen der andern gierig sein. Sei zufrieden, Alter, du hast genug und kommst schon durchs Leben mit dem, was du weißt.«

Obgleich der Mann versuchte, sie mit den zärtlichsten Beteuerungen zu überreden, wollte sie ihm ihr Geheimnis nicht preisgeben. Aber der Alte war schlau, und der Gedanke an den Wein des Bischofs ließ ihn nicht ruhen. So ging er Nacht für Nacht zu jener Hütte, denn er hoffte, seine Frau und ihre Gefährtinnen würden sich dort wieder treffen.

Eine lange Zeit hindurch war alles vergeblich. Aber endlich, eines Abends, versammelten sich die fünf Weiber wieder, liefen zur Feuerstelle, kletterten eine nach der andern auf einen Stuhl und setzten ihren Fuß auf den rußigen Haken im Kamin. Darauf flüsterten sie die Zauberformel, und hui wie der Blitz verschwanden sie den Rauchfang hinauf, bevor der Alte nur Atem schöpfen konnte.

Das kann ich auch, sagte sich der Alte, kroch aus seinem Versteck hervor und lief zur Feuerstelle. Hier setzte er seinen Fuß auf den Haken, wiederholte die Zauberworte, und hinauf ging's durch den Schornstein, und er flog durch die Lüfte, seiner Frau und ihren Hexen nach. Da Hexen nie über die Schultern sehen, bemerkten sie ihn erst, als sie den Bischofspalast erreicht hatten und in den Keller schlüpften. Sie waren höchst verwundert und nicht allzu erfreut, ihn zwischen sich zu finden. Immerhin half nun alles nichts, und sie ließen sich mit ihm zusammen nieder, zapften erst dieses Faß und dann jenes, tranken von jedem ein wenig, doch nicht zuviel, denn sie waren vernünftige Weiber und wußten, daß sie klare Köpfe behalten mußten, um beim ersten Hahnenschrei zurückzufliegen. Doch der Alte war nicht so weise. Er schlürfte und schlürfte und trank, bis er ganz schläfrig wurde. Und zuletzt fiel er auf den Boden nieder und schlief ein. Als seine Frau dies sah, meinte sie, das sei eine gerechte Bestrafung für seine Neugierde, und als der Hahn krähte, machten sich die fünf Weiber auf, ohne ihn zu wecken.

Indessen schlief er friedlich einige Stunden, und als zwei Diener des Bischofs in den Keller kamen, um Wein für ihres Herrn Tafel zu holen, wären sie in der Dunkelheit fast über ihn gefallen. Höchst erstaunt, ihn hier vorzufinden, da der Keller fest verschlossen war, schleppten sie ihn ans Tageslicht, schüttelten und knufften ihn und fragten ihn, wie er durch die verschlossenen Türen gekommen sei. Der arme Alte war so verwirrt von alledem. In seinem Kopf drehte sich alles, und er stammelte, er sei mit dem mitternächtlichen Wind gekommen.

Als die Diener dies hörten, schrien sie, das sei ein Zauberer, und zerrten ihn vor den Bischof. Und da die Bischöfe in jenen Tagen einen Schrecken vor Zauberern und Hexen hatten, wollte ihn der Bischof lebendig verbrennen lassen. Als das Urteil verkündet wurde, bebte und zitterte der arme alte Mann und wünschte sich, er wäre lieber daheim in seinem Bett geblieben als des Bischofs Wein zu kosten. Aber nun war es zu spät, sich das zu wünschen. Die Knechte legten ihn in Ketten, trugen ihn hinaus auf den Hof und fesselten ihn an einen großen eisernen Pfahl. Dann schichteten sie Reisigbündel um seine Füße und zündeten sie an.

Als die ersten Flammen emporzüngelten, glaubte der arme Alte, seine letzte Stunde sei gekommen. Doch hatte er bei dem Schrecken völlig vergessen, daß seine Frau eine Hexe war. Gerade als die Flammenspitzen begannen, seine Kleider zu versengen, erhob sich ein Sausen und Flattern in der Luft, und am Himmel erschien ein großer, grauer Vogel mit ausgebreiteten Schwingen. Im Schnabel trug er eine kleine rote Nachtmütze. Der Vogel stieß herab, setzte sich auf die Schultern des Mannes und stülpte zum Erstaunen aller dem Gefangenen die Mütze über. Dann ließ er ein grimmiges Krächzen hören und flog wieder davon. Aber für des Alten Ohren war dies Gekrächze die schönste Musik, die er je gehört, denn er erkannte, daß dies nicht das Krächzen eines irdischen Vogels war, sondern die Stimme seiner Frau, die ihm Zauberworte zuraunte. Kaum hatte er diese wiederholt, da fielen seine Ketten ab, und er stieg in die Lüfte, höher und höher, während ihm die Blicke der Zuschauer in ehrfürchtigem Schweigen folgten.

Er flog geradewegs nach Hause, ohne ihnen Lebewohl zu sagen, und als er sich wieder geborgen zu Hause fand, versuchte er nie wieder – das könnt ihr glauben –, die Geheimnisse seiner Frau auszuforschen, und in Zukunft ließ er sie allein bei ihren Künsten.

[Märchen aus Schottland]

Der Kater Johann

****

Es war einmal eine alte Hexe, die wohnte tief im Walde in einer Höhle. Darin hielt sie haus mit ihrem einzigen Diener, das war ein schwarzer Kater, der hieß Johann. Was es im Haus zu tun gab, mußte der Kater Johann besorgen, Kochen und Braten, Waschen und Fegen, aber die meiste Zeit trieb er sich im Walde herum und jagte Wild für die Hexe. Eines Tages hörte er es im Buschwerk rascheln, er dachte, es sei eine Maus oder ein Wiesel und sprang mit einem Satz darauf zu; da war es ein neugeborenes Knäblein. Dem Kater Johann tat das arme Kind leid; er hob es auf und legte es in seine Jagdtasche und nahm es mit sich nach Hause.

»Aber, Johann«, sagte die Hexe, als sie das Kind sah, »da hast du dir etwas Schönes aufgebunden! Nun, da du es gebracht hast, wollen wir es großziehen; doch du mußt sein Lehrer sein.«

Da war der Kater zufrieden, und die Alte machte dem Kinde ein Kleidchen von Lumpen und gab ihm einen kräftigen Tee zu trinken, und wenn es satt war, mußte der Kater Johann mit ihm spielen, bis es müde ward und einschlief.

Nachdem der Junge sechs Jahre alt geworden war, lehrte ihn der Kater schreiben und rechnen und aus dem gedruckten Buche lesen. Der Knabe konnte so gut behalten und war so anstellig, daß ihm sein Lehrmeister mit dem vierzehnten Jahr nichts mehr beizubringen vermochte.

»Mit den Wissenschaften sind wir fertig«, sprach die Hexe, »nun geht es an andere Künste.«

Dem Kater gab sie einen Besenstiel und dem Jungen die Ofengabel und befahl ihnen, dieselben zwischen die Beine zu nehmen. Alsbald wurden aus dem Besenstiel und der Ofengabel die schönsten Pferde, und die Stöcke, welche ihnen die Hexe zuvor in die Hand gegeben, wandelten sich zu blitzblanken Schwertern. Nun mußten sie reiten und fechten lernen, und das übten sie tagaus, tagein, bis sie die Kunst verstanden.

»Jetzt geht's ans Schießen«, sagte die Alte und reichte dem Jungen und dem Kater einen Holzscheit. Sogleich wurden daraus die trefflichsten Schießgewehre, und der Kater lernte seinen Zögling so gut an, daß er einer Mücke auf hundert Schritt die Beine unter dem Leibe wegschoß.

Endlich hatte der Junge ausgelernt. Da trat eines Morgens, als er aufwachte, die alte Hexe an sein Bett und sprach zu ihm: »Du mußt in die Welt hinaus, um Land und Leute kennenzulernen. Steh auf, draußen sind zwei Pferde, eins für dich und eins für den Kater.«

Die Rede gefiel dem Jungen, und er griff nach seinen Kleidern, doch da lag statt der Lumpen ein herrliches Prinzenkleid auf dem Stuhl. Und als er aus der Höhle heraustrat, da standen zwei prächtige Pferde vor der Tür am Pfosten und scharrten mit den Hufen den Boden. Auf das eine schwang sich der Junge, auf das andere der Kater Johann; aber ehe sie fortritten, packte die Hexe den Kater am Schwanze und sprach zu ihm: »Johann, daß du mir auf den Jungen achtgibst! Wenn ihm auch nur ein Haar gekrümmt wird, kostet es dich dein Leben.«

Der Kater versprach, gut auf den Jungen aufzupassen; dann gaben sie den Rossen die Sporen und ritten auf und davon, von einer Stadt zur andern und von einem Dorf zum andern. Drei Wochen blieben sie hier und drei Wochen dort, und wo irgendein Kampf war oder ein Krieg, half der Junge dem Schwächeren. Und weil ihn der Kater Johann beschützte, blieb er überall siegreich; und wegen

seiner Stärke und Tapferkeit und weil er zottig am ganzen Körper war, wurde er nur Bärritter genannt. Endlich ließ es aber dem Jungen keine Ruhe mehr in der Fremde, und er kehrte mit dem Kater in die Waldhöhle zu der alten Hexe zurück.
Nachdem er eine Zeitlang dort gewohnt hatte, sagte die Hexe zu ihm: »Der König des Landes liegt mit seinem Nachbarn im Kriege, und wenn ihm niemand beisteht, so ist er verloren.«
»Da möchte ich ihm wohl helfen«, sagte der Bärritter, »wenn ich nur dürfte.«
»Gewiß darfst du«, sagte die alte Hexe, »wozu habe ich dich denn gefüttert und alle Künste lernen lassen.«
Darauf gab sie dem Bärritter ein goldenes Prinzenkleid, und nachdem er sich das angelegt hatte, verwandelte sie den Kater in einen schwarzen Hengst und sprach zu ihm: »Du sollst während des Krieges für den Jungen sorgen, und wenn ihm ein Leid geschieht, will ich es dreifach an dir rächen.«
Da wieherte Johann laut auf zum Zeichen, daß er die alte Hexe verstanden hatte, und der Bärritter setzte sich auf seinen Rücken, und fort ging es über Stock und Stein, bald über der Erde, bald unter der Erde, bis daß sie auf das Schlachtfeld gelangten, wo des Königs Soldaten schon in hellen Scharen flohen. Dort stürzte er sich auf die Feinde; und wo er hinschlug, da flogen die Köpfe, und wo er hinschoß, floß das Herzblut, und es dauerte gar nicht lange, so begannen die Feinde zu weichen, und noch ein Weilchen, so steckten sie eine weiße Fahne aus und baten um Waffenruhe, um ihre Toten zu begraben. Die Bitte wurde ihnen gewährt, und der König zog mit dem Bärritter auf sein Schloß und gab ihm zu Ehren ein großes Fest. Dabei sah er des Königs einzige Tochter, die war über die Maßen schön, und er verliebte sich in sie, und der Prinzessin erging es ebenso. Der König merkte es wohl, aber er wollte

noch nichts sagen, bis daß die Feinde ganz besiegt wären. Als nun der Bärritter dem König auch in der zweiten Schlacht beigestanden und zum Sieg verholfen hatte, da sprach dieser zu ihm: »Du sollst meine Tochter bekommen und nach meinem Tode mein Erbe im Königreich werden.«

Da antwortete der Bärritter: »Ich tue es gerne; doch habe ich eine alte Mutter zu Hause, die muß ich zuvor um Erlaubnis fragen.«

Das konnte ihm der König nicht verwehren, und der Bärritter ritt auf seinem Hengst in die Waldhöhle zurück.

»Mutter«, sagte er zu der alten Hexe, als er in die Höhle kam, »der König will mir seine Tochter zur Frau geben, und ich soll bei ihm wohnen, und wenn er stirbt, soll ich der Erbe des Landes werden.«

»Gegen die Königstochter habe ich nichts«, sprach die alte Hexe, »aber ihr Königreich ist zu schlecht für dich. Geh hin und bringe deine Braut zu mir, daß ich dir ein besseres gebe.«

Der Bärritter gehorchte und ritt auf dem Kater Johann zu dem König zurück. Der freute sich, daß sein Schwiegersohn selbst ein König sei und so reich wäre, daß er seiner Tochter Erbe verschmähte. Er ließ sogleich die Pferde satteln und die große Staatskutsche anspannen, und dann machten sie sich auf die Reise. Zuerst war der Bärritter lustig und guter Dinge, denn er sah auf die schöne Prinzessin; je näher er aber der Waldhöhle kam, um so stiller wurde er, denn er fürchtete, dem König und seiner Braut möchte das Erdloch der alten Hexe übel gefallen. Da hatte er sich aber umsonst gesorgt; denn als er an die Stelle kam, wo die Waldhöhle lag, stand an ihrer Stelle ein prächtiges Schloß mit hohen Toren und Türmen und vielen tausend Fenstern; und Diener kamen herbeigelaufen, die nannten den Bärritter ihren König und halfen ihm vom Rosse und der Prinzessin aus dem Wagen und führten sie samt den

Gästen in das Schloß hinein. Drinnen war eine große Tafel gedeckt, und die alte Hexe saß obenan und winkte dem Bärritter. »Guten Tag, Mutter«, sagte der Bärritter und stellte die alte Hexe dem König und der Prinzessin vor, und sie setzten sich nieder und ließen sich das Hochzeitsmahl gut schmecken. Mit der Zeit war es Abend geworden; da legten sie sich nieder und schliefen.

Am andern Morgen stand der Bärritter früh auf, wie er gewohnt war, und schaute zum Fenster hinaus. Da sah er den Kater Johann, der rief ihm zu: »Gürte dein Schwert um und komm zu mir herab, ich habe dir etwas mitzuteilen!«

Das tat der Bärritter auch; dann nahm ihn der Kater seitwärts in das Gebüsch und sprach zu ihm: »Ich habe dich im Walde aufgelesen und großgezogen, ich habe dich alles Wissen und alle Künste gelehrt, ich habe dich in hundert Schlachten beschützt und dir zu der Prinzessin verholfen, jetzt vergilt mir, was ich dir getan, und schlage mir den Kopf ab.«

»Liebster Kater Johann«, antwortete der Bärritter, »das wäre ein schöner Entgelt für deine Dienste. Ich will dich wie meinen Bruder achten, aber den Kopf schlag ich dir nicht ab!«

Da sagte der Kater Johann: »Tust du es nicht, so kostet es dich dein Leben.«

Das Leben wollte der Bärritter nun auch nicht gerne verlieren, und weil er keinen andern Ausweg sah, zückte er sein Schwert und schwang es in der Luft, drückte die Augen zu und schlug zu, daß dem Kater der Kopf vom Rumpfe flog. Kaum lag er auf der Erde, so sprang aber auch schon der Kopf wieder auf seine alte Stelle zwischen die Schultern zurück, und siehe da, aus dem Kater wurde ein wunderschöner Prinz. Zugleich krachte und bebte die Erde ringsum, und aus dem Walde wurden eine große Stadt und Dörfer und Mühlen und Felder und Wiesen. Das war das große Königreich, welches die Hexe gemeint hatte und das von dem Bärritter nun erlöst war. Die alte Hexe war die Königin darin gewesen, und der Kater Johann war ihr Sohn und Kronprinz des Landes, bis ein böser Zauberer alles verwünscht hatte; jetzt aber traten sie das Königreich an den Bärritter ab, und der lebte dort mit seiner jungen Frau, der Königin, und dem Prinzen Johann und seiner Mutter glücklich und zufrieden bis an sein seliges Ende, und wenn er nicht gestorben ist, so lebt er heute noch.

[Märchen aus Pommern und Rügen]

Die drei Spiegel der Zauberin

****

Ein König hatte nur eine einzige Tochter. Diese aber war ebenso schön wie klug. Nach dem Tode ihres Vaters bestieg sie den Thron. Bald hatte ein Prinz aus einem benachbarten Königreich um ihre Hand angehalten.
Sie aber sprach: »Ich werde nur den zum Gemahl nehmen, der drei Dinge zum Geschenk bringen wird: einen glänzenden Stern, einen silbernen Mond und eine glühende Sonne.«
Der Königssohn dachte lange über ihre Worte nach, während er zu seinem Vater nach Hause ritt. Dort angekommen, erzählte er ihm, was die junge Prinzessin sich gewünscht und sprach: »Ich werde nun in die weite Welt hinausziehen und nach dem glänzenden Stern, dem silbernen Mond und der glühenden Sonne suchen.«
Der Vater versuchte vergeblich, ihn zurückzuhalten. Und so zog der Königssohn fort. Er reiste durch viele Länder und Königreiche, durch Städte und Dörfer und fragte überall nach den drei Dingen. Die reichen Menschen aber besaßen keine Weisheit, und die Armen hatten keine Einsicht. Da wandte er sich um Rat an die Vagabunden, Zauberinnen und Zauberer, die, verachtet von reich und arm, durch die Welt zogen, denn er hatte erkannt, daß sie die wahre Lebensweisheit besaßen. Aber auch sie konnten ihm nicht weiterhelfen.
Eines Abends wanderte er an einer armseligen Hütte ganz am Ende eines Dorfes vorbei. Plötzlich vernahm er von dort Seufzen und Stöhnen. Als er eben in die Hütte hineingehen wollte, hielt ihn ein Mann am Ärmel fest und

sprach: »Geh da nicht hinein, Freund, da drinnen stirbt eine Zauberin, eine Hexe!«

Der Prinz aber achtete nicht auf die Worte und ging in die Hütte hinein. Da lag in der Tat eine Zauberin auf einem Haufen getrockneter Blätter im Sterben. Sie wandte mühsam den Kopf nach ihm und sprach mit schwacher Stimme: »Schon so lange warte ich auf dich. Du kommst sehr spät. Du sollst die Dinge bekommen, die du suchst. Unter einer Bedingung will ich dir dazu verhelfen. Höre, wenn mein Leben zu Ende sein wird, dann nimm meine Hand in die deine und mache das Zeichen des Kreuzes über mir. Dann aber wirf den Inhalt dieser Flasche nach dem Fußende des Bettes, denn dort harrt der Teufel auf meine Seele.«

Der Königssohn willigte ein und nahm die Flasche an sich. Er erkannte, daß sie mit Weihwasser gefüllt war. Die Hexe richtete sich ächzend auf und holte unter den Blättern, auf denen sie ruhte, drei silberne Spiegel hervor. Dann sprach sie: »Öffne das Fenster! Ich muß der Sonne, dem Mond und den Sternen in ihrem Lauf folgen können... Und nun komm und gib mir deine Hand!«

Die Zauberin begann nun mit der anderen Hand allerlei seltsame und wunderbare Zeichen auf den ersten Spiegel zu schreiben und murmelte dabei merkwürdige Worte. Nach einigen Augenblicken zeigte sich ein heller Punkt auf dem Spiegel, der immer größer und stärker wurde, bis schließlich ein Stern darin glänzte, daß es nur so eine Pracht war.

»Das ist das eine«, sprach die Zauberin.

Sie nahm daraufhin den zweiten Spiegel und begann wiederum dieselben Zeichen zu schreiben und dieselben Worte zu murmeln. Jedoch dauerte alles diesmal viel länger als beim ersten Male. Endlich aber breitete sich auf dem zweiten Spiegel ein silberner Glanz aus. In dem Spiegel lag der Widerschein des silbernen Mondes.

»Das ist das zweite«, sprach die Zauberin.
Der Jüngling sah, daß sie mit dem Tode rang. Schweiß rann in dicken Tropfen von ihrer Stirn, und ihr Atem war keuchend.
»Warum bist du nur so spät gekommen«, jammerte sie, »nun weiß ich nicht, ob ich den letzten Zauber noch vollbringen kann.«
Sie nahm den dritten Spiegel, schrieb mit letzter Kraft die Zeichen und murmelte die Worte. Alles dauerte diesmal noch viel länger als die beiden ersten Male. Mit klopfendem Herzen sah der Königssohn zu. Der Angstschweiß brach ihm aus, und sein Gesicht war so bleich wie das der sterbenden Hexe. Endlich, endlich aber war der Zauber vollendet, und in dem dritten Spiegel lag die glühende Sonne.
Die Zauberin reichte ihm den Spiegel und sprach: »Mein Herz bricht. Denk an dein Versprechen.«
Als die Zauberin verschied, machte der Jüngling das Zeichen des Kreuzes über ihr und warf das Weihwasser nach der Stelle, wo der Teufel hocken mußte. Da flog ein schwarzes Ungeheuer neben ihm mit einem schrecklichen Fluch aus dem Fenster. Es war der Teufel, der vergeblich gewartet. Das Zimmer aber war voll Gestank nach Pech und Schwefel.
Der Königssohn zog von dannen mit seinen drei Spiegeln, darin der glänzende Stern, der silberne Mond und die glühende Sonne eingefangen waren. Als er sie der jungen Prinzessin überbrachte, verwunderte diese sich sehr, und die Hochzeit ward in aller Pracht gefeiert.

[Märchen aus Flandern]

Elena die Weise

****

In der ganz alten Zeit, in einem Land, nicht in unserem Reiche, mußte einmal ein Soldat vor einem steinernen Turm Wache stehen. Der Turm war mit einem Schloß verschlossen und einem Siegel versiegelt, und es war in der Nacht. Gerade um Mitternacht hörte der Soldat jemanden aus dem Turme rufen: »He, Soldat!«
»Wer ruft mich?« fragte der Soldat.
»Ich bin es – der böse Geist!« antwortete eine Stimme hinter einem vergitterten Fenster. »Dreißig Jahre sitze ich hier, ohne zu essen und zu trinken.«
»Was willst du?«
»Laß mich heraus; wenn du in Not bist, will ich dir helfen. Denk nur an mich, dann komme ich dir zu Hilfe.«
Da riß der Soldat gleich das Siegel ab, zerbrach das Schloß und öffnete die Tür. Der Böse flog aus dem Turme heraus, schwang sich in die Höhe und verschwand schneller als der Blitz.
»Nun«, dachte der Soldat, »da habe ich mir schöne Sachen angefangen. Mein ganzer Dienst ist verdorben. Jetzt werde ich eingesperrt, vor das Kriegsgericht gestellt und muß Spießruten laufen – besser, ich gehe davon, solange es noch Zeit ist.«
Er warf Büchse und Ranzen auf die Erde und ging fort, immer der Nase nach. Er ging einen Tag um den andern, da packte ihn der Hunger. Zu essen und zu trinken hatte er nichts; er setzte sich am Wege nieder, weinte bittere Tränen und dachte: »Bin ich nicht dumm? Zehn Jahre diente ich dem Zaren, war immer satt und zufrieden, jeden Tag

bekam ich drei Pfund Brot, und jetzt! Ich lief davon, nur um vor Hunger zu sterben. Ach, böser Geist, an all dem bist du schuld!«
Plötzlich, der Soldat wußte nicht woher, stand der Böse vor ihm und fragte: »He, Soldat, weshalb jammerst du?«
»Wie sollte ich anders, wenn ich schon den dritten Tag vor Hunger vergehe?«
»Gräm dich nicht, dem kann man abhelfen.« Der Böse sprang hierhin und dorthin und brachte allerhand Weine und Speisen herbei, sättigte den Soldaten damit und schlug dann vor: »Komm mit in mein Haus, dort wirst du ein sehr freies Leben haben. Essen, trinken und faul sein kannst du soviel dein Herz begehrt; nur mußt du auf meine Töchter aufpassen, mehr verlange ich nicht von dir.«
Der Soldat war einverstanden. Der Böse nahm ihn beim Arm, erhob sich mit ihm hoch in die Luft und trug ihn über dreimal neun Lande ins dreimal zehnte Reich in seinen weißsteinernen Palast. Der Böse hatte drei Töchter, die waren wunderschön. Er befahl ihnen, dem Soldaten zu gehorchen und ihm genügend zu essen und zu trinken zu geben. Er selbst flog wieder fort, Schlechtigkeiten zu verüben, denn er war eben der Böse. Er kann nicht an einem Ort bleiben, er streift immer durch die Welt, verführt die Menschen und verleitet sie zur Sünde. Der Soldat blieb bei den schönen Mädchen und führte ein Leben, bei dem man das Sterben vergessen konnte. Nur eines bekümmerte ihn: jede Nacht gingen die Mädchen aus dem Hause, und er wußte nicht wohin. Wenn er sie danach fragte, so sagten sie es ihm nicht.
»Schon gut«, dachte der Soldat, »ich werde die ganze Nacht wachen, dann werde ich sehen, wohin ihr geht.«
Am Abend ging der Soldat zu Bett und tat, als schliefe er fest; aber heimlich wartete er nur auf das, was geschehen würde. Als es Zeit war, schlich er leise zur Schlafkammer

der Mädchen und sah durch das Schlüsselloch. Die schönen Mädchen nahmen gerade einen Zauberteppich, breiteten ihn auf dem Fußboden aus, schlugen darauf und verwandelten sich in Tauben, flatterten auf und flogen zum Fenster hinaus.
»Was für ein Wunder!« dachte der Soldat. »Das will ich auch probieren.«
Er sprang in das Zimmer, schlug auf den Teppich und verwandelte sich in eine kleine Grasmücke; so flog er zum Fenster hinaus und den Mädchen nach. Die Tauben ließen sich auf einer grünen Wiese nieder und die Grasmücke auch. Der Soldat verbarg sich hinter den Blättern eines Johannisbeerstrauches und schaute von dort hervor. Es kamen noch viele, viele Tauben geflogen und füllten die ganze Wiese, und in der Mitte der Wiese stand ein goldener Thron. Nach kurzer Weile erstrahlten Himmel und Erde, und durch die Luft kam ein goldener Wagen geflogen, der war mit sieben feurigen Drachen bespannt; darin saß Elena die Weise. Die war von so unbeschreiblicher Schönheit, daß man sie sich weder vorstellen noch erfinden, noch im Märchen schildern kann. Sie stieg aus ihrem Wagen, setzte sich auf den Thron, rief dann die Tauben der Reihe nach auf und lehrte sie verschiedene Weisheiten und Zaubersprüche. Als der Unterricht zu Ende war, sprang sie in ihren Wagen und verschwand.
Jetzt erhoben alle Tauben ihre Flügel und flogen davon, jede nach ihrer Seite. Die Grasmücke folgte den drei Schwestern und war zu gleicher Zeit mit ihnen wieder in der Schlafkammer. Die Tauben verwandelten sich auf dem Teppich in Mädchen, die Grasmücke in den Soldaten.
»Woher kommst du?« fragten ihn die Mädchen.
»Ich war mit euch auf der Wiese, sah die schöne Zarewna auf dem goldenen Thron und hörte, wie sie euch mancherlei Künste lehrte.«
»Nun, es ist dein Glück, daß du heil wieder hier bist, denn

diese Zarewna, Elena die Weise, ist unsere mächtige Gebieterin. Hätte sie ihr Zauberbuch bei sich gehabt, so hätte sie dich sofort erspäht und mit einem harten Tod bedroht. Hüte dich, Soldat, flieg nicht mehr auf die grüne Wiese! Bewundere nicht mehr die schöne Zarewna, sonst verlierst du deinen stürmischen Kopf.«

Den Soldaten bekümmerte das nicht. Er ließ die Reden an seinen Ohren vorübergleiten und erwartete die nächste Nacht.

Durch den Teppich verwandelte er sich wieder in eine Grasmücke und flog auf die grüne Wiese.

Unter dem Johannisbeerstrauch verborgen, betrachtete er Elena die Weise. Er freute sich über ihre unsagbare Schönheit und dachte: »Könnte ich ein solches Weib erlangen, so bliebe mir auf dieser Welt nichts zu wünschen übrig. Ich fliege ihr nach und erfahre, wo sie lebt.«

Als Elena die Weise ihren goldenen Thron verließ, ihren Wagen bestieg und durch die Luft in ihren schönen Palast fuhr, flog die Grasmücke hinter ihr drein.

Die Zarewna fuhr in ihr Schloß, und Wärterinnen und Ammen eilten ihr entgegen, ergriffen ihre Hände und führten sie ins Schloß.

Die Grasmücke flog in den Garten, wählte einen schönen Baum, der unter dem Fenster des königlichen Schlafzimmers lag, setze sich auf ein Zweiglein und begann zu singen, so schön und so schmerzlich, daß die Zarewna die ganze Nacht kein Auge zutat, sondern immer nur zuhörte.

Kaum war die rote Sonne aufgegangen, so rief Elena die Weise mit lauter Stimme: »Dienerinnen und Ammen, lauft in den Garten, das Vöglein zu fangen!«

Die Wärterinnen und Ammen eilten in den Garten, den Singvogel zu fangen, aber wie hätte den Alten das gelingen können? Die Grasmücke hüpfte von Strauch zu Strauch, von Ast zu Ast, flog nicht weit fort, aber greifen ließ sie sich nicht.

Die Zarewna hielt es nicht mehr aus, lief selbst in den grünen Garten hinaus, um die Grasmücke zu fangen. Sie trat an den Strauch, da rührte sich das Vöglein auf seinem Ästchen nicht, ließ die Flügel hängen, als hätte es Elena erwartet. Das freute die Zarewna. Sie nahm da Vöglein in ihre Hand, trug es ins Schloß, setzte es in einen goldenen Käfig und hängte den in ihrem Schlafzimmer auf. Der Tag verging, die Sonne sank, Elena flog auf die grüne Wiese, kehrte wieder in ihr Zimmer zurück und legte ihren Schmuck ab. Sie zog sich aus und legte sich schlafen.
Die Grasmücke sah ihren weißen Leib, ihre unbeschreibliche Schönheit und bebte. Sobald die Zarewna eingeschlafen war, verwandelte sich die Grasmücke in eine Fliege, flog aus dem goldenen Käfig heraus, schlug auf den Fußboden und wurde zum wackeren jungen Mann.
Er trat an das Bett der Zarewna, sah fort und fort ihre Schönheit an. Er ertrug es nicht länger, sie nur anzusehen und küßte ihren süßen Mund. Als er merkte, daß sie erwachte, verwandelte er sich schnell wieder in eine Fliege, flog in den Käfig und war wieder eine Grasmücke.
Elena die Weise machte die Augen auf und sah sich um, es war aber niemand da.
»Gewiß träumte ich nur«, dachte sie, drehte sich auf die andere Seite um und schlief wieder ein.
Der Soldat hielt es nicht aus und versuchte es ein zweites und ein drittes Mal.
Die Zarewna hatte aber einen leichten Schlaf und erwachte nach jedem Kusse.
Das dritte Mal verließ sie ihr Bett und sprach: »Sicherlich ist jemand hier. Ich muß in meinem Zauberbuch nachsehen.«
Sie tat es und wußte sofort, daß in dem goldenen Käfig kein Vogel, sondern ein junger Mann saß.
»Ach, du Lümmel!« schrie Elena die Weise. »Komm aus deinem Käfig heraus. Für deine Unaufrichtigkeit zahlst du mit deinem Leben!«

Es war nichts zu machen. Die Grasmücke mußte aus dem Käfig herausfliegen, schlug auf dem Fußboden auf und verwandelte sich in einen wackeren Jüngling.
Der Soldat fiel vor der Zarewna auf die Knie und flehte um Vergebung.
»Nein, Bösewicht, für dich gibt es keine Gnade!« schrie Elena die Weise und rief nach dem Henker mit seinem Richtblock, damit er dem Soldaten den Kopf abschlage.
Sogleich stand ein Riese mit Beil und Richtblock vor ihr, warf den Soldaten zu Boden, drückte sein stürmisches Haupt auf den Block und hob das Richtbeil. Winkte nur die Zarewna, so rollte sein junges Haupt davon.
»Hab Erbarmen, wunderschöne Zarewna«, bat der Soldat mit Tränen, »laß mich ein letztes Lied singen.«
»Sing, aber beeil dich!«
Der Soldat stimmte ein Lied an, so traurig und wehmutsvoll, daß Elena die Weise zu weinen begann. Ihr wurde es leid um den jungen Mann, und sie sagte zu ihm:
»Ich gebe dir zwölf Stunden Zeit; kannst du dich so geschickt verstecken, daß ich dich nicht finden kann, werde ich dein Weib. Gelingt es dir nicht, laß ich dir den Kopf abschlagen.«
Der Soldat ging in den Wald und weinte.
»Ach, böser Geist, deinethalben sterbe ich!«
Sofort stand der Böse vor ihm und fragte: »Soldat, was willst du?«
»Ach«, sagte er, »ich muß sterben, denn wie sollte ich mich vor Elena der Weisen verstecken?«
Der Böse schlug auf die Erde auf und verwandelte sich in einen schillernden Adler.
»Soldat, setz dich auf meinen Rücken, ich trage dich in die Luft.«
Der Soldat tat es, und der Adler flog hinauf in die Luft, bis hinter einen schwarzen Wolkenberg.
Sechs Stunden waren vergangen, da nahm Elena die Weise

ihr Zauberbuch, schlug es auf, und sah alles wie auf einer flachen Hand und sprach:
»Adler, du bist hoch genug geflogen, vor mir verbirgst du dich doch nicht.«
Der Adler ließ sich herab, und der Soldat trauerte noch mehr als zuvor.
»Was soll ich jetzt tun, wohin soll ich mich verstecken?«
»Warte, ich helfe dir«, sagte der Böse, sprang zu dem Soldaten und schlug ihn auf die Wange. Da wurde er zu einer Stecknadel. Sich selbst verwandelte er in eine Maus, packte die Nadel mit den Zähnen und schlich ins Schloß. Er fand das Zauberbuch und steckte die Nadel hinein.
Als die zweiten sechs Stunden um waren, schlug Elena die Weise ihr Zauberbuch auf. Sie schaute und schaute, aber das Buch zeigte ihr nichts, da wurde die Zarewna sehr zornig und warf das Buch in den Ofen. Dabei fiel die Nadel aus dem Buche, schlug auf dem Fußboden auf und verwandelte sich in einen wackeren Jüngling.
Elena die Weise nahm ihn bei der Hand und sagte: »Ich bin klug und zauberkundig, und du bist mir ebenbürtig!«
Sie überlegten nicht lange, sondern heirateten und lebten vergnügt miteinander.

[Märchen aus Rußland]

Die weißen Vögel vom Arpsee

****

Es war einmal ein armer Geißbub, der trieb alle Tage seine Herde zum Arpsee hinauf. Als er einst zur Mittagszeit sein schwarzes Hirtenränzlein öffnete, um sein Brot zu verzehren, da flogen auf einmal drei Vögel herab auf den See. Der Bub hatte dergleichen noch niemals gesehen. Ihr Gefieder war weißer als der Schnee, und die Schnäbel waren von Gold. Sie schwammen hurtig auf ihn zu, und sie schienen sich nicht vor ihm zu fürchten. Die prächtigen Vögel gefielen dem Buben über alle Maßen. Gerne hätte er einen davon gehabt. Da las er Steine auf, auf daß er den einen oder anderen tot werfe. Er traf aber nicht. Und die Vögel flüchteten nicht, sondern schwammen immer näher an das Ufer heran. Da trat er hinzu, ergriff einen der Vögel am Halse und zog ihn an Land. Sogleich aber ließ er ihn wieder los, und der Schrecken fuhr ihm durch alle Glieder, wie noch nie zuvor in seinem Leben, denn der Vogel sprach plötzlich mit menschlicher Stimme:

»Warum fassest du so hart mich an? Ich bin nur der geringste der drei Vögel. Wisse, wir sind gar keine Vögel, sondern verwunschene Jungfrauen. Der schönste Vogel mit dem goldenen Schnabel ist eine Königstochter aus dem Lande der Radamanten. Wir beiden anderen sind ihre Zofen. Alle drei sind wir von einem Hexenmeister in weiße Vögel verwandelt worden, weil die Prinzessin ihn nicht zum Manne haben wollte. Nun müssen wir so lange Vögel bleiben, bis wir drei Kräuter erhalten, die nur in diesen Bergen gedeihen. Wenn du uns diese Kräuter beschaffen kannst, so sind wir erlöst.«

»Nennt mir die drei Pflänzlein, ich will sie euch suchen«, rief der Knabe, der mit offenem Munde den Worten des Vogels gelauscht hatte.
»Es sind Natterkraut, Baldrian und Nachtschatten«, sprach der Vogel.
»Die kenne ich nicht«, antwortete der Geißbub, »doch meine Mutter ist kräuterkundig, die wird auch diese kennen.«
»So geh und komme bald wieder«, sprach der weiße Vogel, und er schwamm zu seinen Gefährten zurück. Dann flogen sie alle drei auf und verschwanden hinter dem Berge.
Als die Sonne sank, trieb der Geißbub seine Herde heim und erzählte der Mutter, was ihm heute auf der Weide begegnet ist.
»Nun, wenn weiter nichts fehlt«, sprach die Mutter, »dann ist den Jungfrauen bald geholfen. Die Kräuter kenne ich gar wohl, die wachsen unweit von hier.«
Und noch an demselben Abend sammelte sie die Pflanzen und legte sie zum Mittagsbrot in das Ränzlein ihres Sohnes.
Am anderen Morgen zog der Bub mit seinen Geißen wieder hinauf zum See. Da kamen auch schon die drei weißen Vögel geflogen, ließen sich auf dem See nieder und schwammen eilends herbei. Der Bub holte die Kräutlein hervor und legte jedem eines davon in den Schnabel. Da hub der eine Vogel wieder zu sprechen an und sprach:
»Hab Dank, lieber Hirtenbub, für den Dienst, den du uns getan. Jetzt werden wir wieder zurück ins Land der Radamanten fliegen, und mit Hilfe der Kräuter werden wir unsere menschliche Gestalt zurückerhalten. Der böse Zauberer aber muß sterben. Wenn du möchtest, so nehmen wir dich mit uns, du brauchst dich nur an zweien von uns festzuhalten. Wir tragen dich davon, und noch ehe die Sonne sinkt, sind wir in unserem Reich. Dann kannst du dort im Reiche der Radamanten König werden.«

Der Bub sperrte wieder Mund und Augen auf vor Staunen. Dann aber antwortete er: »Ich danke euch, ihr Vögel, und doch, ich bleibe lieber ein Geißbub im Walliser Land.«
Da flogen die Vögel auf und verschwanden hinter den Bergen.
Aber dem Buben glückte fortan alles, was er unternahm.

[Märchen aus der Schweiz]

Die geraubte Königstocher

****

Es lebte einst ein mächtiger König, welcher eine ebenso reiche als schöne Gemahlin hatte. Diese gebar ihm ein Mädchen. Als aber der Tag der Taufe kam, wußte der König nicht, wen er zur Taufpatin nehmen solle. Da erschien am Vorabend eine weise Frau, die sich hiezu antrug, und die Eltern nahmen das Anerbieten freudig an, denn sie dachten, das Kind werde von der Zauberin reich mit Geistesgaben beschenkt werden. Sie fanden sich auch in ihren Hoffnungen nicht getäuscht, denn die Frau beschenkte das Kind verschwenderisch mit allem Erdenklichen. Zugleich gebot sie aber den Eltern, das Mädchen vor ihrem zwölften Lebensjahr nicht aus dem Zimmer gehen zu lassen, da sie sonst unglücklich würde.
Das Mädchen war bereits elf Jahre alt geworden, als sie an einem schönen Sommertag ihren Vater bat, ob sie nicht mit auf die Jagd gehen dürfe. Dieser konnte ihrem dringenden Bitten nicht widerstehen und willigte endlich ein. Doch kaum hatte sie das Zimmer verlassen, als sich draußen auf einem schönen geflügelten Pferd ein Mann zeigte, der sogleich das Mädchen ergriff und mit demselben sich in die Lüfte erhob. Der König rief um Hilfe, doch vergeblich, denn das Pferd war schon so hoch, daß er es kaum mehr erkennen konnte. Er ging nun zu seiner Gemahlin und berichtete ihr den Vorfall, über welchen beide höchst betrübt waren. Eines Abends kam die weise Frau, welche das Unglück der Prinzessin erfahren hatte, zum König, um ihn wegen des Verlustes seiner Tochter zu trösten. Sie konnte zwar nicht helfen, da sie über den Teufel, von dem das Mädchen fortgeführt war, keine Macht hatte. Doch

gab sie den betrübten Eltern den Trost, daß ihre Tochter noch gerettet werden könne, wenn ein Jüngling unter zwanzig Jahren es wage, in die Hölle zu gehen und die drei Wasser des Lebens, der Schönheit und der Liebe zu holen. Dadurch würden nebst ihrer Tochter noch zwei andere Prinzessinnen erlöst werden.

Der König ließ nun im Lande verkünden, daß derjenige, der seine Tochter aus den Händen des Teufels errette, dieselbe zur Gemahlin bekomme.

Lange Zeit meldete sich niemand. Endlich kam ein Bauernbursche und wollte sein Glück versuchen. Der König gab ihm viel Geld mit, damit er keine Not zu leiden brauche. Der Bursche schritt rüstig vorwärts. Als er schon längere Zeit gewandert war, kam er zu einem alten Weib, an dem man vor Runzeln kaum das Gesicht sah. Auf seine Frage, ob hier der rechte Weg zur Hölle sei, kreischte sie: »Was hast du denn dort zu tun, laß ab von deinem Vorhaben, denn der Teufel ist ein Menschenfresser und wird dich gewiß auffressen, wenn er dich erblickt.«

Der junge Bauer ließ sich jedoch nicht abhalten. Da gab ihm die Alte eine Rute mit dem Bemerken: »Wenn du mit der rechten Hand damit herumhaust, können dir die wilden Tiere, die am Eingang der Hölle stehen, nichts anhaben.« Der Bauer bedankte sich und ging weiter.

Da begegnete er einem Hahn, der ihn fragte, wohin die Reise gehe. Er erwiderte: »Ich will in die Hölle, um die geraubte Königstochter zu retten.«

Der Hahn riet ihm davon ab; als aber seine Bemühungen vergebens waren, so lud er ihn in seine Behausung ein, um dort einige Erfrischungen zu sich zu nehmen. Als sie in der kleinen Höhle ankamen, gab ihm der Hahn drei Federn mit dem Bemerken: »Stecke sie auf den Hut, und du wirst vor den Tieren in der Hölle sicher sein.« Der Bauer dankte und schritt, durch die Erfrischungen gestärkt, rüstig vorwärts.

Nach einiger Zeit kam er zu einer alten Frau. »Ist hier der rechte Weg zur Hölle?« fragte er, und sie bejahte es, gab ihm ein großes Schwert mit den Worten: »Das wirst du wohl gut brauchen können.« Sie fügte hinzu: »Wenn du zum Eingang der Hölle kommst, werden zwei Schlangen dich fragen, wer du seiest; darauf darfst du jedoch keine Antwort geben, sondern du schlägst jede der Schlangen mit deinem Stäbchen auf den Kopf. Sollten sie dir dann noch den Eintritt verwehren, so stecke eine von den drei Federn, die du von dem Hahn erhalten hast, auf das Stäbchen und berühre damit die Zungen der beiden Schlangen, worauf sie zischend davoneilen werden.« Der Bauer dankte ihr und eilte, um die Hölle noch vor einbrechender Nacht zu erreichen.

Als er dort angekommen war, befolgte er genau den Rat der Alten. Es traf auch alles so ein. Er kam in einen langen, spärlich beleuchteten Gang, welcher mit den scheußlichsten Ungeheuern, mit Drachen und Schlangen, erfüllt war. Diese konnte er nur durch das Umhauen mit dem Stäbchen von sich fernhalten. Der Gang führte in einen großen Garten, in dessen Mitte ein Schloß stand, dessen Mauern verschwenderisch mit Gold und Silber verziert waren. Der Bauer wußte nicht, ob er stehenbleiben oder in das Schloß gehen sollte. Endlich entschloß er sich hineinzugehen. Er war schon durch mehrere reich ausgestattete Zimmer gegangen, als er endlich zu einem kam, in welchem er Frauenstimmen hörte. Er ging hinein und bemerkte drei Prinzessinnen, die über sein Erscheinen höchlich erstaunt waren. Denen erzählte er, warum er gekommen sei. Darüber waren sie wohl sehr erfreut, sie fürchteten jedoch, daß er sein Ziel nicht erreiche; »denn der Teufel«, sagten sie, »geht auf Mädchenraub aus, hält uns schon lange Zeit gefangen, und dich wird der Menschenfresser nicht verschonen.«

Alsdann verabredeten sie, es solle ihn jede eine Nacht unter

dem Strohsack ihres Bettes verbergen, da der Teufel bei Tage seiner gewöhnlichen Beschäftigung nachging. Als nun der Abend kam, verbarg ihn die eine unter dem Strohsack ihres Bettes.
Eben war sie damit fertig geworden, als der Teufel in Gestalt eines Drachen hereinkam und schrie: »Ich rieche Menschenfleisch, wenn ihr mir nicht sagt, wo es sich befindet, so fresse ich euch alle drei.«
»Oh«, sagte die eine, »es ist ja die Wildbretkammer offen, und in dieser ist frischgeschossenes Wild, welches riecht.«
Der Teufel ließ sich dadurch besänftigen, legte sich zu Bett und schlief die ganze Nacht. Als am andern Morgen der Teufel sich entfernt hatte, kroch der Bauer aus seinem Versteck hervor, und die Prinzessinnen zeigten ihm alles, was im Schloß zu sehen war. Am Abend versteckte ihn die zweite Prinzessin in ihrem Bett.
Als der Drache nach Hause kam, schrie er wütend: »Ich rieche Menschenfleisch.«
»Oh, was denkst du«, sagten sie, »da drinnen ist ja ein frisch geschlachtetes Kalb, das verbreitet diesen Geruch.«
So wurde er wieder besänftigt.
Am dritten Abend bot ihm die dritte Prinzessin ein Versteck an, und als der nach Hause kommende Teufel wieder Menschenfleisch roch, erwiderte sie: »Es ist nur die Einbrennsuppe, die verbrannt ist, und daher kommt der Geruch.« Der Teufel ließ sich abermals beschwichtigen, legte sich zu Bett, um des andern Morgens wieder seinen gewöhnlichen Geschäften nachzugehen.
Dadurch nun, daß der Bauer bei jeder der drei Prinzessinnen eine Nacht zugebracht hatte, waren sie erlöst und sie entflohen miteinander. Der Bauer aber nahm mit sich die drei Wasser des Lebens, der Schönheit und der Liebe, wovon jede der Prinzessinnen eines aufzubewahren hatte. Sie setzten sich auf den Spazierwagen des Teufels und spannten sein geflügeltes Leibpferd an. Bei der Pforte fragten

zwei Schlangen, wer sie seien, worauf sie jedoch keine Antwort gaben. Als sie einige Zeit in schnellem Trab gefahren waren, kamen sie in einen Wald, in dem sie sich verirrten. Schon war es Nacht geworden, und es zeigte sich kein Ausweg. Endlich bemerkten sie ein großes Gebäude, welches aber die Prinzessinnen sogleich als den Lieblingsaufenthalt des Teufels erkannten, und daher für ihr Leben besorgt waren. Der Bauer verbarg sie jedoch in einer nahen Höhle und ging allein in das Haus, in der Hoffnung, den Drachen mit seinem Schwert erlegen zu können.

Bei der Pforte bemerkte er eine Schlange, welche als Torhüter diente. »Ist der Teufel zu Hause?« fragte er. Sie nickte, aber sie ließ ihn nicht hineingehen. Da hieb er mit dem Schwerte auf sie ein und trennte den Kopf der Schlange vom Rumpf. Kaum war dies geschehen, so erschien der Teufel selbst vor der Tür, und es begann nun ein harter Kampf zwischen dem Teufel und dem Bauern.

Dieser jedoch behielt die Oberhand, und schnell eilte er zu den Prinzessinnen, um ihnen die frohe Botschaft zu bringen, und sie waren darüber sehr erfreut. Sie wanderten nun weiter und erreichten bald die Hütte der alten Frau, von welcher der Bauer das Schwert erhalten hatte. Die Alte bat den Bauer, er möge ihr einen Tropfen vom Wasser des Lebens schenken. Das tat er auch. Sie benetzte mit diesem Tropfen ihr Gesicht und erschien nun dem Bauern als Jungfrau. Gleichzeitig fing es heftig an zu donnern und zu blitzen, und an der Stelle der Hütte zeigte sich ein herrliches Schloß. Die Jungfrau dankte für ihre Erlösung und bewirtete ihn nebst seinen drei Begleiterinnen aufs beste.

Des anderen Tages setzten sie die Reise fort und erreichten des Abends die Wohnung des Hahnes. Dieser war über die Erlösung der drei Prinzessinnen höchst erfreut und bat den Bauern, er möge nun auch ihm zur Erlösung verhelfen; das könne dadurch geschehen, daß er die drei Federn, die er einst von ihm erhalten, an den Stellen, wo sie fehlen, wieder befestige. Und das geschah. Kaum war er damit fertig, als es heftig knallte; an der Stelle der ärmlichen Wohnung des Hahnes stand ein Schloß, und der verwunschene Hahn erschien als Prinz. Er dankte ebenfalls für seine Erlösung, und der Bauer wanderte dann mit den drei Prinzessinnen wieder weiter und erreichte bald die Hütte der alten Frau, welche ihm das Stäbchen gegeben hatte. Auch diese erlöste er, indem er die vier Ecken ihrer Wohnung berührte. Auf einmal stand ein herrliches Schloß da, und die Alte zeigte sich als junge Prinzessin.

Am nächsten Tage erreichten sie die Wohnung des Königs. Wie der eine Freude hatte, läßt sich gar nicht sagen. Sogleich wurden Anstalten zur Hochzeit getroffen. Auch die weise Frau war unter den Hochzeitsgästen. Die zwei andern von dem Bauern erlösten Prinzessinnen kehrten ebenfalls heim zu ihren Eltern.

[Märchen aus Österreich]

Die Spinnerin

****

Oben in Chésières lebte einmal ein schönes junges Mädchen. Sie hatte das Unglück, sehr strenge und hartherzige Eltern zu haben. Diese verlangten von ihr, daß sie alle Tage von früh bis spät auf die Weide ging. Außerdem mußte sie bis zum Abend immer eine Spule voll Garn gesponnen haben. Das arme Kind konnte fast nie mit dieser Aufgabe fertigwerden, wurde doch gar manches Mal das Vieh unruhig. Dann mußte sie die Spindel beiseite legen. Wenn sie nun mit der halbvollen Spule nach Hause kam, setzte es harte Worte und Schläge.

Eines Tages, als das Mädchen gerade in einer der Hütten oberhalb des Dorfes war, erschien ihr plötzlich eine Fee. Die arme Bauerntochter fürchtete sich nicht, sondern bot ihr freundlich ihre Gastfreundschaft an. Es bedurfte keines langen Gespräches, bis die Fee von den Leiden des Mädchens erfuhr, und sie hatte großes Mitleid mit ihr. Und da sie den freundlichen Empfang nicht vergessen und sich sehr über die Beherztheit des Mädchens gefreut hatte, war sie ihr in Güte zugetan. Und so kam es, daß sie von nun an jeden Abend kam und sich die Spule geben ließ. Mit einer raschen Handbewegung befestigte sie den Rokken am Horn einer der Kühe, die da über die Weide gingen. Und dann saß sie, schwuppdiwupp, leicht und beschwingt auf dem Rücken des guten Tieres. Und sogleich machte sie sich an die Arbeit. Die Fee spann im hellen Mondlicht. Sie spann die ganze Nacht für ihren Schützling.

Jeden Morgen erhielt das Mädchen seitdem bei Anbruch

der Morgendämmerung ihre Spule zurück. Diese Spule Garn, die zuvor so oft der Grund für viele Tränen und Leiden war, gab nun Anlaß zur Freude, denn sie war regelmäßig dick mit dem allerfeinsten und schönsten Faden bespannt.

Seit dieser Zeit kehrten Frieden und Freude im Elternhaus des Mädchens ein.

[Märchen aus der Welschschweiz]

Von der schönen Angiola

****

Es waren einmal sieben Nachbarinnen, die waren alle sieben zu gleicher Zeit guter Hoffnung. Da sie nun eines Tages beisammensaßen, sagte die eine: »Ach, Gevatterinnen, ich habe ein solches Gelüst nach Erdbeeren, und es sind doch nirgends welche zu haben.«

»Ich sehne mich auch nach Erdbeeren«, sprach eine zweite.

»Ich auch, ich auch«, riefen sie alle.

Die eine aber sagte: »Wißt ihr, wo die schönsten Erdbeeren wachsen? Dort gegenüber in dem Garten, welcher der Hexe gehört. Aber wir können dort keine nehmen, denn wenn sie uns ertappt, so frißt sie uns, und sie hat überdies einen Esel, der bewacht den Garten und wird uns gleich verraten.«

Da rief die erste wieder: »Ich habe aber ein solches Verlangen danach; kommt nur mit, die Hexe ist jetzt nicht zu Hause und wird es nicht gleich merken, wenn wir auch einige Erdbeeren nehmen; und dem Esel wollen wir so saftiges Gras vorwerfen, daß er nicht weiter auf uns achtet.«

Die anderen ließen sich überreden, und so schlichen sie alle sieben in den Garten der Hexe, warfen dem Esel schönes, saftiges Gras vor und pflückten sich ihre Schürzen voll Erdbeeren. Sie entkamen auch glücklich, ehe die Hexe erschien.

Am anderen Abend aber, da die sieben Nachbarinnen wieder beieinandersaßen, erwachte von neuem in ihnen das Gelüste nach den schönen Erdbeeren, und obgleich sie

sich vor der Hexe fürchteten, so konnten sie doch nicht dem Verlangen widerstehen und schlichen sich zum zweiten Mal in den Garten. Sie warfen dem Esel frisches Gras vor, pflückten sich die Schürzen voll Erdbeeren und entflohen glücklich, ehe die Hexe zurückkam.
Die Hexe aber merkte wohl, daß jemand im Garten gewesen war, denn es fehlten ihr viele Erdbeeren. Da frug sie den Esel, der aber hatte das schöne, saftige Gras gefressen und hatte auf nichts geachtet. Also beschloß sie, am dritten Tag selbst im Garten zu bleiben. In der Mitte des Gartens war eine Grube, da hinein versteckte sie sich und deckte sich mit Blättern und Zweigen zu, und nur ein langes Ohr schaute heraus.
Die sieben Nachbarinnen saßen wieder beieinander, und als sie an die schönen Erdbeeren dachten, erwachte wieder das Gelüste danach. Die eine aber sagte: »Wir wollen lieber heute nicht hingehen, die Hexe könnte uns doch einmal ertappen, und dann geht es uns schlecht.«
Die andern aber lachten und sagten: »Es ist uns ja zweimal geglückt, warum sollte uns heute ein Unglück geschehen? Komm nur mit.«
Also ließ sie sich bereden, und sie schlichen wieder alle sieben in den Garten. Da sie nun die Erdbeeren pflückten, bemerkte die eine das lange Ohr der Hexe, das aus den Blättern hervorschaute. Sie glaubte aber, es wäre ein Pilz, ging hin und wollte ihn pflücken. Da sprang die Hexe aus der Grube hervor, und die sieben Frauen liefen schreiend davon. Die eine konnte aber nicht so schnell entwischen, und die Hexe fing sie und wollte sie fressen.
»Ach«, bat sie, »freß mich nicht; ich hatte ein solches Gelüste nach einigen Erdbeeren und konnte sonst nirgends welche bekommen. Ich will auch gewiß nie wieder in Euren Garten dringen.«
»Nun gut«, sprach endlich die Hexe, »für dieses Mal will ich dir verzeihen, aber nur unter der Bedingung, daß du

mir das Kind versprichst, welches zur Welt kommen soll. Sei es ein Knabe oder ein Mädchen, wenn es sieben Jahre alt ist, mußt du es mir abgeben.« Da versprach es die Frau in ihrer Herzensangst, und die Hexe ließ sie los.
Zu Hause warteten die sechs Nachbarinnen auf sie und frugen, wie es ihr ergangen sei.
»Ach«, antwortete sie, »ich habe ihr das Kind versprechen müssen, das ich zur Welt bringen werde, sonst hätte sie mich gefressen.«
Als nun ihre Stunde kam, gebar die Frau ein wunderschönes Mädchen und nannte es Angiola. Das Kind wuchs und gedieh und wurde mit jedem Tag schöner.
Als Angiola sechs Jahre alt geworden war, sandte ihre Mutter sie in die Schule zu einer Lehrerin, bei der sie nähen und stricken lernen sollte. Wenn Angiola in die Schule ging, mußte sie aber an dem Garten der Hexe vorbei. Als sie nun beinahe sieben Jahre alt war, stand eines Tages die Hexe vor dem Garten, winkte und schenkte ihr schöne Früchte und sprach: »Weißt du, schöne Angiola, ich bin deine Tante. Sage deiner Mutter, du hättest die Tante gesehen, und sie solle ihr Versprechen nicht vergessen.«
Angiola ging hin und sagte das der Mutter. Die war sehr erschrocken und sprach: »Ach, jetzt ist die Zeit gekommen, wo ich mein armes Kind von mir geben muß! Weißt du was, Angiola? Wenn die Tante dich morgen nach der Antwort fragt, so sage ihr nur, du habest vergessen, den Auftrag auszurichten.«
Als nun Angiola am andern Tag in die Schule ging, war die Hexe auch schon da und frug sie: »Nun, was hat deine Mutter gesagt?«
»Ach, liebe Tante«, antwortete das Kind, »ich habe es vergessen, es ihr zu sagen.«
»Nun gut, so sage es ihr heute«, sprach die Hexe, »aber vergiß es nicht.«
So vergingen einige Tage. Die Hexe lauerte der schönen

Angiola immer auf, wenn sie zur Schule ging, und wollte wissen, welche Antwort die Mutter gegeben habe. Angiola jedoch behauptete immer, sie habe vergessen, den Auftrag auszurichten.
Eines Tages aber wurde die Hexe böse und sprach: »Wenn du so vergeßlich bist, so muß ich dir eben ein Zeichen mitgeben, das dich an meinen Auftrag erinnert.« Da packte sie ihren kleinen Finger und biß tief hinein, so daß sie ein ganzes Stück abbiß, und sagte dann: »So, geh jetzt nach Hause und vergiß nicht, es deiner Mutter zu sagen.«
Weinend ging Angiola nach Hause und zeigte der Mutter das verwundete Fingerlein.
»Ach«, dachte die Mutter, »jetzt hilft nichts, jetzt muß ich mein armes Kind der Hexe geben, sonst frißt sie es noch in ihrem Zorn.«
Als nun Angiola am nächsten Morgen zur Schule ging, sprach die Mutter zu ihr: »Sage der Tante, sie solle mit dir machen, was ihr gut dünkt.«
Das tat Angiola, und die Hexe sprach: »Gut, so komm mit mir, denn du gehörst mir an.«
Also nahm die Hexe die schöne Angiola mit und führte sie weit weg in einen Turm, der hatte keine Türen und nur ein einziges Fenster. Da lebte Angiola mit der Hexe und hatte es gut bei ihr, denn die Hexe liebte sie wir ihr eigenes Kind. Wenn nun die Hexe von ihren Ausgängen nach Hause kam, so stellte sie sich unter das Fenster und rief: »Angiola, schöne Angiola, laß deine schönen Flechten herunter und nimm mich hinauf.«
Angiola aber hatte wunderschöne, lange Flechten, die ließ sie herunter und zog die Hexe daran hinauf.
Nun begab sich eines Tages, als Angiola ein großes, schönes Mädchen geworden war, daß der Königssohn auf die Jagd ging und dabei in die Gegend geriet, wo der Turm stand. Er verwunderte sich über das Haus ohne Tür und dachte: »Wie kommen denn die Leute da hinein?«

Da kam die alte Hexe von einem Ausgang zurück, stellte sich unter das Fenster und rief: »Angiola, schöne Angiola, laß deine schönen Flechten herunter und nimm mich hinauf!«
Sogleich fielen die langen Flechten herunter, und die Hexe kletterte daran hinauf. Das gefiel dem Königssohn gar wohl, und er blieb in der Nähe versteckt, bis die Hexe wieder fortging. Dann stellte er sich unter das Fenster und rief: »Angiola, schöne Angiola, laß deine schönen Flechten herunter und nimm mich hinauf.«
Da warf Angiola ihre schönen Flechten hinunter und zog den Königssohn hinauf, denn sie glaubte, es wäre die Hexe. Als sie nun den Königssohn sah, war sie anfangs sehr erschrocken, er aber redete ihr mit freundlichen Worten zu und bat sie, mit ihm zu entfliehen und seine Gemahlin zu werden. Da ließ sie sich überreden, damit aber die Hexe nicht erfahren sollte, wohin sie gegangen wäre, so gab sie allen Stühlchen und Tischen und Schränken im Hause zu essen, denn das waren alles lebendige Wesen und konnten sie verraten. Der Besen aber stand hinter der Türe, den beachtete sie nicht und gab ihm nichts zu essen. Dann nahm sie aus der Kammer der Hexe drei Zauberknäuel mit und entfloh mit dem Königssohn. Die Hexe aber hatte ein Hündlein, das hatte die schöne Angiola so lieb, daß es ihr folgte.
Nicht lange, so kam die Hexe nach Hause und rief: »Angiola, schöne Angiola, laß deine schönen Flechten herunter und nimm mich herauf.«
Aber sie mochte noch soviel rufen, die Flechten fielen nicht herunter, und sie mußte endlich eine lange Leiter herbeiholen und durch das Fenster hineinsteigen. Als sie nun die schöne Angiola nirgends fand, frug sie die Tische und die Stühle und die Schränke: »Wo ist sie hingeflohen?«
Die antworteten: »Wir wissen es nicht.«
Nur der Besen rief aus seiner Ecke hervor: »Die schöne

Angiola ist mit dem Königssohn entflohen, der will sie zu seiner Gemahlin erheben.«

Da machte die Hexe sich auf, sie zu verfolgen, und hatte sie auch beinahe eingeholt. Angiola aber warf ein Zauberknäuel hinter sich, und es entstand ein großer Berg von Seife. Wie nun die Hexe darüber klettern wollte, glitt sie immer wieder zurück. Sie arbeitete aber doch so lange, bis sie glücklich darüber kam, und eilte ihnen wieder nach. Da warf die schöne Angiola auch das zweite Zauberknäuel hinter sich, und es entstand ein großer Berg, der war mit großen und kleinen Nägeln bespickt. Da mußte die Hexe wieder lange arbeiten, bis sie endlich ganz zerschunden darüber kam. Als nun Angiola sah, daß die Hexe sie schon wieder beinahe eingeholt hatte, warf sie auch das dritte Knäuel hinter sich, aus dem entstand ein reißender Strom. Die Hexe wollte hinüberschwimmen, aber der Strom wurde immer reißender, so daß sie schließlich umkehren mußte. Da rief sie im Zorn der schönen Angiola noch eine Verwünschung nach und sprach: »So möge denn dein schönes Antlitz in ein Hundegesicht verwandelt werden!«

In demselben Augenblick wurde Angiolas schönes Gesicht in ein Hundegesicht verwandelt. Der Königssohn war aber sehr betrübt und sprach: »Wie soll ich dich nun zu meinen Eltern bringen? Die werden niemals erlauben, daß ich ein Mädchen mit einem Hundegesicht heirate.«

Also führte er sie in ein kleines Häuschen, darin sollte sie wohnen, bis der böse Zauber von ihr genommen wäre. Er selbst kehrte zu seinen Eltern zurück und wohnte bei ihnen, wenn er aber auf die Jagd ging, dann kam er und besuchte die arme Angiola. Die weinte oft bitterlich über ihr Unglück, bis eines Tages das Hündlein zu ihr sprach: »Weine nicht, schöne Angiola, ich will mich aufmachen und zur Hexe gehen und sie bitten, daß sie den Zauber von dir nimmt.«

Also machte sich das Hündlein auf den Weg und kehrte

zur Hexe zurück, sprang an ihr hinauf und schmeichelte ihr.
»Bist du wieder da, undankbares Tier?« rief die Hexe und stieß das Hündlein von sich. »Hast du mich verlassen, um der undankbaren Angiola zu folgen?«
Da schmeichelte ihr das Hündlein, bis sie es auf ihren Schoß nahm.
»Mutter«, sprach nun das Hündlein, »die arme Angiola läßt Euch die Hände küssen; sie ist sehr traurig, denn sie darf mit dem Hundegesicht nicht in das Schloß, und nun kann sie den Königssohn nicht heiraten.«
»Das geschieht ihr recht«, sprach die Hexe, »warum hat sie mich betrogen. Nun kann sie auch ihr Hundegesicht behalten.«
Da bat aber das Hündlein so freundlich und meinte, die arme Angiola sei genug gestraft, bis ihm die Hexe endlich ein Fläschchen mit Wasser gab und sprach: »Bringe ihr das, so wird sie wieder die schöne Angiola werden.«
Das Hündlein dankte, sprang mit dem Fläschchen davon und brachte es glücklich der armen Angiola. Als sie sich mit dem Wasser wusch, verschwand das Hundegesicht, und sie wurde wieder schön, noch schöner, als sie bis dahin gewesen war. Der Königssohn aber brachte sie voll Freuden auf sein Schloß, und der König und die Königin waren so entzückt von ihrer Schönheit, daß sie sie mit Freuden willkommen hießen und eine glänzende Hochzeit veranstalteten. Da blieben sie glücklich und zufrieden, wir aber haben das Nachsehen.

[Märchen aus Sizilien]

Mythische Gestalten

✶✶✶✶✶✶✶

In der Antike, noch bei Hesiod, war Hecate, die Tochter des Titanensohnes Perses, eine allumfassende Göttin. Später wurde sie zur Göttin der Unterwelt und zur Schutzpatronin der Zauberin Medea. Diese Vorstellung wurde bei der Hexenverfolgung bereitwillig übernommen. Freya, der Göttin der Liebe und Schönheit in der germanischen Mythologie, wurde der Besen geweiht, das wohl bekannteste Hexenutensil.

Sibylle auf der Teck

****

Tief unten im Sibyllenloch am Fuße des Teckfelsens hauste die Sibylle. In ihrem unterirdischen Schloß hielt sie ungeheure Schätze an Gold und Edelsteinen verborgen. Sie war eine schöne und weise Frau. Sie wußte um alle Dinge und sah die Zukunft voraus. Den Menschen im Tale tat sie Gutes, wo sie nur konnte. Vielen, die sie um Rat baten, half sie in der Bedrängnis, und kein Armer, der sich in seiner Not an sie wandte, stieg vergeblich den steilen Weg zu ihr empor.

Leider aber waren die drei Söhne der Sibylle nicht von der Art ihrer Mutter und bereiteten ihr viel Kummer. Jeder von ihnen baute sich eine eigene Burg nahe der Teck, denn sie lebten untereinander in Unfrieden. Der eine baute seine Burg auf dem Rauber, der andere auf dem Wielandstein, der dritte ließ sich die Diepoldsburg erstellen. Von diesen Felsennestern aus plagten sie die Bauern und plünderten die durchziehenden Kaufleute aus. Auch gegenseitig machten sich die Brüder das Leben schwer und machten sich die Beute streitig. Am ärgsten aber trieb es der Jüngste, der seine Brüder und sogar seine Mutter bestahl, von der er darum den Beinamen »der Rauber« erhielt. Dieser Name ist seiner Burg, von der nur noch wenige Mauerreste stehen, geblieben bis auf den heutigen Tag.

Aus Gram über die Untaten und die Feindschaft ihrer Kinder beschloß Sibylle endlich, ihr Schloß und das Land zu verlassen. Auf einem goldenen Wagen, der von zwei großen Katzen gezogen wurde, fuhr sie eines Abends aus ihrer Höhle talab durch die Lüfte. Ihre langen roten Haare umwehten sie. Niemand weiß, wohin sie gegangen ist. Alljährlich aber, wenn die Frucht zu reifen beginnt, kann man eine Stunde weit den Teckberg hinab, über den Kahlenberg und den Götzenbrühl und dann weiter die Weinberge empor bis zum Götzenwald den Weg verfolgen, den sie gefahren ist. Die Spur ihres Wagens kann man deutlich sehen: Die Wiesen sind dort üppiger grün, das Korn trägt größere und goldenere Ähren, und das Brot, das daraus gebacken wird, schmeckt besser als alles andere Brot der Welt. Dies ist der letzte Segen, den die gute Sibylle den Menschen drunten im Tal hinterlassen hat. Die Spur ihres Wagens nennt man heute noch die »Sibyllenfahrt«.

[Sage von der Schwäbischen Alb]

Die Alfkönigin

****

Ein Bauer wohnte auf einem Hof, oben zwischen den Bergen, nirgends aber wird erwähnt, wie er oder der Hof hießen. Der Bauer war unverheiratet, hatte aber eine Hausmeisterin, die Hildur hieß, von deren Geschlecht man nichts wußte. Sie stand dem inneren Hausstand vor und war flink in allen Dingen. Sie war beim Gesinde des Hofes beliebt und bei dem Bauern auch, aber es war nie zu merken, daß das Verhältnis zwischen ihnen die Grenzen der Schicklichkeit überschritt. Sie war aber auch eine gesetzte Frau, ziemlich in sich gekehrt, doch freundlich im Verkehr.

Die häuslichen Verhältnisse des Bauern waren sehr gut, mit Ausnahme des Umstandes, daß es ihm schwerfiel, einen Hirten zu finden; er war aber ein reicher Schafbauer und glaubte, sein Haus verlöre den Grundstein, wenn der Hirt fehle. Das kam nun weder davon, daß der Bauer streng gegen seine Hirten war, noch davon, daß die Hausmeisterin es an dem fehlen ließ, was zu ihrem Gebiet gehörte. Der Grund, daß sie sich nicht einig werden konnten, war vielmehr der, daß die Hirten nie alt im Dienst wurden und am ersten Weihnachtsfeiertag stets tot in ihrem Bett aufgefunden wurden.

In jenen Zeiten war es im ganzen Land Sitte, am Heiligabend Gottesdienste abzuhalten, und es wurde für ebenso feierlich gehalten, dann zur Kirche zu fahren, wie am ersten Feiertag selbst. Aber auf Gebirgshöfen, die weit von der Kirche entfernt lagen, war es für diejenigen, die sich der Verhältnisse wegen nicht eher bereitmachen konnten, das Haus zu verlassen, bis der Stern zwischen Morgen und Mittag stand, keine Kleinigkeit, zum Gottesdienst zu kommen, und war es üblich, daß die Hirten bei diesem Bauern nicht früher nach Hause kamen. Wohl brauchten sie nicht den Hof zu hüten, wie es Sitte war, daß es einer oder der andere in der Weihnachts- und Silvesternacht tat, während die übrigen Leute des Hofes in der Kirche waren; denn seit Hildur zu dem Bauern gekommen war, hatte sie sich stets von selbst dazu erboten, während sie gleichzeitig besorgte, was zum Fest in Ordnung gebracht werden mußte: Essen kochen und anderes, was dazugehört, und sie wachte immer bis spät in die Nacht, so daß die Kirchgänger zuweilen zurückgekommen, zu Bett gegangen und eingeschlafen waren, ehe sie zu Bett ging. Als es eine Zeitlang so gegangen war, daß die Hirten des Bauern alle plötzlich in der Heiligen Nacht gestorben waren, fing man an, in den Ortschaften darüber zu sprechen, und es fiel deshalb dem Bauern sehr schwer, jemanden für diese Arbeit zu dingen, und je mehr starben, desto schwerer wurde es. Weder auf ihn noch auf sein Gesinde fiel der Verdacht, daß sie den Tod der Hirten verschuldet hätten, da sie alle gestorben waren, ohne daß eine Wunde an ihnen zu sehen war. Schließlich sagte der Bauer, daß er es nicht mehr über sein Gewissen bringen könnte, Hirten zu dingen, die den sicheren Tod zu erwarten hätten, und daß nun das Schicksal darüber zu bestimmen hätte, wie es mit dem Viehstand und Wohlstand würde.

Als der Bauer sich hierfür entschieden hatte und fest entschlossen war, niemand zu diesem Zweck zu dingen, kam einmal ein flinker und kräftiger Mann und bot ihm seinen Dienst an. Der Bauer sagte: »So nötig habe ich deinen Dienst nicht, daß ich dich annehmen muß.«

Der Fremde fragte: »Hast du einen Hirten für den nächsten Winter gedungen?«

Der Bauer erwiderte: »Nein« und sagte, daß er sich entschlossen hätte, für die Folge niemand zu diesem Zweck zu dingen, »und du hast wohl gehört, wie unglücklich es bisher meinen Hirten ergangen ist«.

»Gehört habe ich davon«, sagte der Fremde, »aber ihr Schicksal soll mir keine Furcht einjagen.«

Da gab der Bauer nach, weil der Fremde so eindringlich bat, und nahm ihn als Schafhirten in seinen Dienst. Nun verstrich eine Zeit; der Bauer und der Hirt waren sehr zufrieden miteinander, und dieser war bei allen gern gesehen, denn er war ein Mann von gutem Betragen, keck und ausdauernd in all seinem Vorhaben.

Es geschah nichts, bis Weihnachten kam; da ging es wie immer: der Bauer zog am Heiligabend mit seinen Leuten zur Kirche, nur seine Hausmeisterin blieb im Hause zurück, und der Hirte blieb beim Vieh; der Bauer zog also fort und ließ die beiden allein zurück. Es ging auf den Abend zu, ehe der Hirt wie gewöhnlich nach Hause kam, er aß seine Grütze und ging dann zur Ruhe. Da fiel ihm ein, daß es vielleicht sicherer für ihn wäre, wach zu bleiben als zu schlafen, falls etwas passierte, obgleich er keine Furcht hegte. Als der größte Teil der Nacht vergangen war, hörte er die Kirchgänger kommen; sie bekamen einen Bissen zu essen und gingen dann zu Bett. Noch merkte er nichts, als er aber glaubte, daß alle eingeschlafen wären, fühlte er, daß seine Kräfte zu schwinden begannen, was nicht weiter merkwürdig war, so müde, wie er nach des Tages Mühe war.

Er glaubte, es wäre schlimm mit ihm bestellt, wenn ihn jetzt der Schlaf übermannte, und darum bot er all seine Willenskraft auf, um sich wach zu erhalten. Es verging nun keine lange Zeit, bis er jemand an sein Bett treten hörte, und er glaubte zu sehen, daß es die Hausmeisterin Hildur sei, die hier ihr Wesen triebe. Er stellte sich, als schliefe er ganz fest und merkte, daß sie ihm etwas in den Mund steckte. Das war, wie er fühlte, ein Zaum für den Hexen-

ritt, und er ließ sich ruhig aufzäumen. Als sie ihm das Zaumzeug angelegt hatte, befestigte sie die Zügel, wie es ihr am bequemsten war, setzte sich auf seinen Rücken und ritt in sausender Eile fort, bis sie, wie ihm schien, an einen Graben oder eine Spalte in der Erde kamen. Da sprang sie von seinem Rücken herab, auf einen Stein, ließ die Zügel hängen, worauf sie vor seinen Augen in der Spalte verschwand. Der Hirt fand, es sei schlimm und wenig aufklärend, wenn Hildur solchermaßen vor ihm verschwände, ohne daß er erführe, was aus ihr geworden sei; er merkte aber, daß er mit angelegtem Zaum nicht weit käme, so viel Zauberei steckte darin. Er nahm deshalb den Ausweg, daß er den Kopf an dem Stein rieb, bis er sich das Zaumzeug abgescheuert hatte, und dann ließ er es liegen. Dann warf er sich in die Spalte, in die sie vor ihm gesprungen war.
Es schien ihm, daß er noch nicht weit in die Spalte hineingekommen war, als er Hildur wieder erblickte; sie war auf einigen schönen Wiesen angelangt, über welche sie bald den Weg zurückgelegt hatte. Nach all diesem konnte er wohl begreifen, daß es mit Hildur nicht richtig zuging und daß sie sicher mehr Kniffe unter ihrem Pelz verbarg, als man ihr ansehen konnte, wenn sie oben auf der Erde unter den Menschen weilte. Auch das konnte er verstehen, daß sie ihn bald erblicken würde, wenn er auf der Wiese hinter ihr herging. Er nahm deshalb einen Stein, der ihn unsichtbar machte, aus der Tasche und verbarg ihn in der linken Hand, lief dann hinter ihr her und beeilte sich, sosehr er konnte. Als er weiter auf die Wiese gekommen war, sah er eine große, prächtige Halle, und Hildur folgte dem Weg, der zu ihr hinführte. Er sah eine große Schar von Menschen aus der Halle ihr entgegenkommen; zuerst, an der Spitze, ging ein Mann, der am prächtigsten von allen gekleidet war, und es schien dem Hirten, als begrüße dieser seine Frau, als Hildur kam, und hieße sie willkommen; mit ihm zogen Hildur zwei halberwachsene Kinder entge-

gen, und mit heller Freude begrüßten sie ihre Mutter; die anderen aber, die im Gefolge waren, begrüßten sie fröhlich als ihre Königin. Als die ganze Menge der Königin ihre Huldigung dargebracht hatte, begleiteten alle sie und den König nach der Halle, und dort bereitete man ihr einen ehrenvollen Empfang, kleidete sie in königliche Gewänder und streifte ihr goldene Ringe auf den Arm. Der Hirt folgte der Menge nach der Halle, hielt sich aber die ganze Zeit dort auf, wo am wenigsten Leute waren, wenn auch derart, daß er alles, was vorging, sehen konnte. In der Halle sah er so viel Pracht und Glanz, wie er Ähnliches nie geschaut hatte. Tische wurden hervorgeholt und gedeckt, und er wunderte sich über all die Herrlichkeit. Nach einer Weile sah er Hildur in die Halle eintreten, in das prächtige Gewand gekleidet. Jedem wurde sein Platz angewiesen; Königin Hildur nahm den Ehrensitz neben dem König ein; das ganze Gefolge aber nahm zu beiden Seiten Platz, und die Mahlzeit dauerte nun eine Weile. Dann wurden die Tische wieder abgedeckt, worauf die Männer und die Jungfrauen, so viele dazu Lust hatten, zum Tanz antraten, während andere Vergnügungen wählten, die mehr nach ihrem Sinn waren; der König und die Königin aber saßen da und sprachen miteinander, und ihr Gespräch schien dem Hirten sowohl mit Freude wie mit Kummer vermischt zu sein.

Während des Gespräches des Königs mit der Königin kamen drei Kinder, die jünger waren als die vorher erwähnten, zu ihnen herein und äußerten ebenfalls ihre Freude darüber, daß sie ihre Mutter wiedersahen. Königin Hildur erwiderte ihren Gruß liebevoll, nahm das jüngste Kind auf den Schoß und streichelte es, es war aber schlecht gelaunt und unruhig. Die Königin ließ dann das Kind herunter, streifte einen Ring vom Finger und gab ihn ihm zum Spielen. Da wurde das Kind still und spielte eine Weile mit dem Gold, verlor den Ring aber schließlich auf dem Boden.

Der Hirt stand in der Nähe, beeilte sich und erhaschte den Ring, als er zu Boden fiel, steckte ihn zu sich und verbarg ihn gut, ohne daß es jemand merkte; es schien aber allen merkwürdig, daß der Ring nirgends zu finden war, als man nach ihm suchte. Als die Nacht zum größten Teil verflossen war, begann Königin Hildur, sich zum Fortgang zu rüsten, aber alle, die in der Halle waren, baten sie, noch länger zu verweilen, und waren sehr traurig, als sie sahen, daß sie fortziehen wollte.

Der Hirt hatte beobachtet, daß an einer Stelle in der Halle ein uraltes Weib saß, das entsetzlich anzusehen war; sie war die einzige, die sich weder über die Ankunft der Königin Hildur gefreut hatte, noch sie bat zu bleiben, als sie fortziehen wollte. Als der König sah, daß sie sich nicht zum Bleiben überreden ließ, weder durch seine noch durch anderer Bitten, ging er zu dem Weib und sagte: »Nimm nun deine Flüche zurück, Mutter, und erhöre meine Bitten, so daß meine Königin mir nicht mehr fern zu sein braucht und meine Freude über unsere Zusammenkünfte von so kurzer Dauer sind, wie sie es jetzt war.« Das alte Weib antwortete ihm voller Zorn: »All meine Flüche sollen bestehenbleiben, und nichts soll mich erweichen, sie zu widerrufen.«

Der König schwieg dazu und ging voller Kummer zu seiner Königin, legte ihr den Arm um den Hals und küßte sie und bat sie noch einmal mit sanften Worten, doch nicht fortzuziehen. Die Königin sagte, daß die Flüche seiner Mutter ihr verböten, anders zu handeln; sie äußerte, es wäre nur wenig Möglichkeit dafür da, daß sie sich häufiger sehen könnten, des Schicksals wegen, daß über sie verhängt wäre, und daß die Tötungen, die ihretwegen geschehen wären und deren es nun so viele geworden seien, nicht länger verborgen bleiben könnten, und daß sie deshalb die wohlverdiente Strafe für ihre Taten erleiden müßte.

Während sie in diese Klagen ausbrach, entfernte sich der Hirt aus der Halle, als er sah, wie die Dinge standen; er ging geradeswegs über die Wiese nach der Spalte und wieder hinauf auf den Weg. Dann versteckte er den Zauberstein, zäumte sich wieder auf und wartete, bis Hildur kam. Nach Verlauf einer kurzen Zeit kam Königin Hildur allein und mit traurigem Blick; sie setzte sich auf seinen Rücken und ritt nach Hause. Als sie dort angekommen waren, legte sie ihn wieder auf sein Bett, zäumte ihn ab, ging darauf selbst zu Bett und begann zu schlafen. Obgleich der Hirt die ganze Nacht über hellwach gewesen war, stellte er sich doch schlafend, damit Hildur nichts merken sollte. Als sie aber zu Bett gegangen war, machte er sich nichts mehr daraus, vorsichtig zu sein; er verfiel in tiefen Schlaf und schlief, wie zu erwarten war, bis weit in den Tag hinein.

Am nächsten Morgen stieg der Bauer vor allen auf dem Hof zuerst aus dem Bett; denn es lag ihm am Herzen, seinen Schafhirten zu sehen, er erwartete aber statt der Weihnachtsfreude den Kummer, ihn tot in seinem Bett zu finden, so wie es früher geschehen war. Der Bauer ging an das Bett des Hirten und berührte ihn mit der Hand. Da merkte er, daß er am Leben war, und er war froh darüber und pries Gott in hohen Tönen ob dieser Gnade. Da erwachte der Hirt frisch und munter und zog sich an. Währenddessen fragte ihn der Bauer, ob etwas Neues während der Nacht passiert sei.

Der Schafhirt antwortete: »Nein, aber einen sehr merkwürdigen Traum habe ich gehabt.«

»Wie ist denn der Traum gewesen?« fragte der Bauer.

Da begann der Hirt seinen Bericht von dem Augenblick an, von dem wir erzählt haben, daß Hildur an sein Bett getreten war und ihn aufgezäumt hatte, und dann gab er jedes Wort und jedes Ereignis so genau wieder, wie er sich daran erinnern konnte. Als er mit seiner Erzählung fertig

war, saßen alle schweigend da, außer Hildur, die sagte: »Alles, was du gesagt hast, ist gelogen, wenn du nicht durch deutliche Zeichen beweisen kannst, daß es so zugegangen ist, wie du erzählst.«
Der Hirt ließ sich dadurch nicht in Verlegenheit bringen, sondern holte den Ring hervor, den er nachts vom Erdboden in Alfheim aufgenommen hatte, und sagte: »Wenn ich es auch nicht für meine Pflicht halte, eine Traumsage mit Zeichen zu beweisen, so trifft es sich doch so glücklich, daß ich einen klaren Beleg dafür habe, daß ich in dieser Nacht bei den Huldren gewesen bin; oder ist das nicht dein Fingerring, Königin Hildur?«
Hildur antwortete: »So ist es, und Gott segne dich dafür, daß du mich von dem Schicksal befreit hast, das mir meine Schwiegermutter auferlegt hat; nur ungern habe ich alle die Missetaten begangen, die sie mir geboten hat.«
Königin Hildur fing dann ihre Geschichte also an:
»Ich war eine Huldrejungfrau aus geringem Geschlecht, aber der, der jetzt König über das Alfheim ist, wurde von Liebe zu mir ergriffen und, obgleich es sehr gegen den Willen seiner Mutter war, nahm er mich zur Frau. Da wurde meine Schwiegermutter so zornig, daß sie ihrem Sohn versprach, daß er nur kurze Freude an mir haben solle, jedoch würde es uns gestattet sein, uns ab und zu zu sehen. Mir aber erlegte sie auf, daß ich Sklavin unter den Menschen werden sollte, und damit war das Unglück verbunden, daß ich jedesmal zu Weihnachten den Tod eines Menschen verursachen sollte, dergestalt, daß ich, während ich schlief, ihn aufzäumen und auf demselben Weg reiten sollte, den ich diese Nacht auf dem Hirten geritten bin, um den König zu besuchen; und dies sollte so lange währen, bis ich dieser Bosheit überführt und deswegen getötet würde, wenn ich nicht einen so kecken und mutigen Mann fände, daß er mir nach Alfheim zu folgen wagte und dann beweisen könnte, daß er dorthin gekommen wäre und ge-

sehen hätte, womit die Leute sich dort beschäftigen. Nun ist klar, daß sämtliche frühere Hirten des Bauern um meinetwillen den Tod gefunden haben, seit ich hergekommen bin, und ich hoffe, daß man mir nicht anrechnen wird, was gegen meinen freien Willen geschehen ist; denn niemand hat den unterirdischen Weg gefunden und ist aus Neugierde in die Wohnstätte der Huldren eingedrungen vor diesem mutigen Mann, der mich nun aus meiner Sklaverei und von meinem Fluch erlöst hat, und ich werde ihn dafür belohnen, wenn es auch nicht gleich geschieht. Jetzt kann ich nicht länger hierbleiben, habt Dank für die Güte, die ihr mir erwiesen habt, aber die Sehnsucht zieht mich nach meinem Heim.«

Nachdem sie so gesprochen hatte, verschwand Königin Hildur, und später sah man sie nie wieder unter den Menschen.

Von dem Schafhirten aber wird erzählt, daß er sich verheiratete und im nächsten Frühjahr einen Hausstand gründete. Das konnte er auch, denn erstens zeigte sich der Bauer freigebig ihm gegenüber, als er aus seinem Dienst zog, und dann war er auch selbst nicht ohne Vermögen. Er wurde seiner Gegend von sehr großem Nutzen, und stets wandte man sich an ihn um Rat und Hilfe; so beliebt aber war er und so glücklich, daß die Leute nicht recht begreifen konnten, wie es zuging, und glaubten, bei ihm hätte jedes Tier zwei Köpfe.

Er aber sagte, daß er Königin Hildur für seinen ganzen Wohlstand zu danken habe.

[Marchen aus Island]

Jungfer Lene von Söndervand

✳✳✳✳✳✳✳

Es war einmal ein Hofbauer, welcher drei Söhne hatte; der älteste hieß Peter, der zweite Paul und der dritte Esbeen. Peter und Paul waren ein paar flinke, aufgeweckte Burschen; sie konnten hören und sehen, spielen und lachen, pflügen und säen, mähen und dreschen, und ihr Vater hatte viel Nutzen von ihnen; aber der jüngste war ein armer, blöder Tropf, der sich um nichts kümmerte und sich mit nichts beschäftigte; er sagte nie etwas, sondern ging wie im Schlaf umher, oder er lag am Herd und störte in der Asche; deshalb nannte man ihn Esbeen Aschenfiest.

Es war ein guter Hof mit reichen Feldern und grünen Wiesen; aber mitten zwischen ihnen lag ein Stück ungenutztes Heideland, das war voll großer Steine und mit Heidekraut bewachsen. Esbeen mochte gerne da draußen liegen und zu den Wolken emporblicken oder schlafen und träumen. Aber Peter und Paul mochten das Stück Land nicht so unnütz liegen lassen, und sie baten ihren Vater um die Erlaubnis, es roden zu dürfen; das werde sich gut lohnen, sagten sie, denn die Erde sei an sich gut. Der Vater gab ihnen auch Erlaubnis, es zu versuchen; es gehe freilich ein altes Gerede, daß dieses Stück Land den Elfen gehöre, aber das sei nur ein alter Aberglaube, um den man sich nicht zu kümmern brauche.

So machten sich denn Peter und Paul mit bestem Willen ans Werk; sie räumten die Steine beiseite auf einen Haufen, und sie pflügten und säten. Sie säten Weizen auf den neuen Acker, derselbe ging gut auf und hielt sich gut durch den Winter, und im nächsten Frühjahr entfaltete er ein Wachstum, das ohnegleichen war. Kein anderes Feld sah annähernd so gut wie dieses aus, gerade bis zur St. Johannis-Zeit; aber da nahm die Freude ein jähes Ende, denn just in der Mittsommernacht wurde die ganze Ernte auf eine seltsame Art verwüstet: der Acker war wie niedergetreten, jeder Halm war geknickt und konnte sich nicht mehr erheben. Niemand wußte, wie das zugegangen sei; aber es war nichts anderes zu tun, als den Acker umzupflügen, und so wurde er zu Weideland bestimmt.

Im nächsten Frühjahre stand dort höheres und schöneres Gras als auf irgendeiner ihrer Wiesen. Aber dann ging es wie das vorige Mal; in der Mittsommernacht wurde alles Gras niedergetreten, gerade als es hätte gemäht werden sollen, und sie hatten auch in diesem Jahr keinen Nutzen von dem Acker. So wurde er denn umgegraben und lag den Winter über brach, aber im nächsten Jahr ward er mit Flachs besät. Derselbe ging prächtig auf, und vor dem St. Johannis-Tag stand der Flachs in Blüte. Es war ein herrlicher Anblick, und Peter und Paul freuten sich darüber. Aber sie erinnerten sich recht wohl, wie es in den beiden früheren Jahren gegangen war, und sie kamen überein, daß einer von ihnen in der Mittsommernacht draußen wachen solle, um sich zu überzeugen, ob wieder jemand die Ernte verwüsten würde. Peter, als der Älteste, wollte das übernehmen; er war ein starker und flinker Bursche, er nahm einen tüchtigen Knittel mit und setzte sich draußen neben den großen Steinhaufen, den er mit zusammengeschleppt hatte, als sie den Acker urbar machten. Es war ein lieblich heller und stiller, milder Abend. Peter wollte sich wachhalten, aber er fiel doch in Schlaf und erwachte erst um Mitternacht durch ein schreckliches Sausen und Brausen in der Luft und dadurch, daß die Erde unter ihm bebte; und als er sich umsehen wollte, war der Himmel pechrabenschwarz, und mitten aus all dem Schwarzen blitzte etwas Rotes hervor, das wie ein glühender Drache aussah.

Da wurde es Peter so angst, daß er seine Beine in die Hand nahm und nach dem Hofe zurücklief.
Es entlud sich jedoch kein Gewitter in dieser Nacht, aber als sie morgens nach ihrem Flachsfelde sahen, war dasselbe ganz niedergetreten, und die ganze Ernte war verwüstet. Darüber waren sie alle sehr ärgerlich, besonders aber Paul; er sagte, Peter habe sich wie eine Memme benommen und sei von seinem Wachtposten fortgelaufen, ohne sich zu überzeugen, wer es sei, der ihnen jedes Jahr diesen Schaden zufüge.
Im nächsten Jahre säten sie Buchweizen auf dem Acker, und er stand so üppig wie möglich bis zu dem Tage vor der Mittsommernacht; und jetzt wollte Paul hinaus und Wache halten. Er setzte sich auch neben den Steinhaufen und wollte wach bleiben, aber er fiel ebenfalls in Schlaf und erwachte um Mitternacht dadurch, daß er ein Sausen und Brausen in der Luft vernahm und die Erde unter sich beben fühlte. Der Himmel war wieder schwarz wie Pech, und er sah den glühenden Drachen am Himmel, der näher und näher kam, und jetzt begann der ganze Acker wie ein Laken zu wallen, und es summte und brummte um seine Ohren, daß ihm ganz ohnmächtig ward. Da hielt er nicht länger stand, sondern war froh, daß er mit heiler Haut nach Hause kam. Aber am nächsten Morgen war der Buchweizen so niedergetrampelt, daß der Acker einer Stubendiele glich.
Da wollten weder Peter noch Paul mehr Arbeit auf das Heidefeld verwenden, und im nächsten Frühjahr wuchs auf demselben, was da wollte, an Gras und an Blumen: da waren weiße Anemonen und blaue Kornblumen und roter Mohn, und das Heidekraut wagte sich wieder hervor; es hatte an den Grabensäumen gehockt, während die Brüder so eifrig mit Pflug und Egge gewirtschaftet. Jetzt war keiner mehr, der sich um den Acker kümmerte, als Esbeen: er freute sich heuer mehr über denselben, als er es in den drei letzten Sommern getan hatte, und er lag wieder oftmals

draußen und blickte zu den Wolken empor. Und spät am St. Johannis-Tag schlich er dort hinaus; er hatte den größten Teil des Tags über geschlafen, denn er wollte die Nacht über wachbleiben. Er wollte wissen, was für ein Unfug dort in der Mittsommernacht getrieben werde, mochten es nun Elfen oder wer sonst immer sein. Drüben am Steinhaufen stand ein hoher Baum, das war eine alte Esche, die viele hundert Jahre dort gestanden, und die hatten auch die Brüder stehen lassen, denn sie stand an der Grenzmark, und am Fuße derselben lagen einige der größten Steine, die sich auf dem Heideland befanden. Darum hatten sie alle anderen Steine dorthin geschleppt, so daß der Baum jetzt mitten in dem Steinhaufen stand. Auf diesen Baum kletterte Esbeen hinauf und saß nun ganz still und hielt sich vollkommen wach bis Mitternacht. Da hörte er auch ein Sausen und Brausen, das die ganze Luft erfüllte, und er sah den Himmel sich schwärzen, als würde ein dichter Vorhang rings über denselben gezogen, und an dem schwarzen Himmel sah er einen roten Schein, der näher und näher kam und dann einem glühenden Drachen mit drei Häuptern und drei langen Schwänzen glich. Und je mehr er sich näherte, desto mehr nahm der Sturm zu, und ein Wirbelwind fuhr auf das Feld hinab und kreiste dort umher und knickte jeden Stengel und jeden Halm, als würden sie zertrampelt, und die alte Esche schlug mit ihren Zweigen und schaukelte ihren alten Stamm, daß Esbeen sich festklammern mußte, um nicht vom Wirbelwinde mit hinweggerissen zu werden. Allein plötzlich wurde es still; der Himmel war wieder hell, und statt eines glühenden Drachen mit drei Häuptern sah Esbeen jetzt gleichsam drei große weiße Schwäne; aber als sie noch näher kamen, sah er, daß es drei Frauengestalten in Federgewändern waren, mit großen weißen Schwingen und lang hinflatternden Schleiern, und sie ließen sich aus der Luft herab gerade neben den Baum, auf dem er saß. Dort streiften sie ihre

Federhüllen ab: die Schwingen falteten sich zusammen, und am Fuße des Baumes lagen nur drei weiße Schleier, so fein wie Spinnengewebe. Sie selbst aber sprangen aufs Feld hinaus und tanzten in der Runde, während sie einander an den Händen anfaßten; und dazu sangen sie. Esbeen hatte nie etwas so Schönes gehört, und ebensowenig hatte er je etwas gesehen, was den drei jungen Mädchen glich, die ganz weiß gekleidet waren, mit Goldkronen auf ihren Häuptern.

Lange saß Esbeen ganz still auf dem Baume und erfreute sich des herrlichen Anblicks. Er wagte sich nicht zu regen, um nicht die schönen seltenen Vögel zu verscheuchen. Als sie aber fortfuhren, in einiger Entfernung von ihm zu tanzen, ließ er sich ganz leise vom Baum hinabgleiten, raffte die drei weißen Schleier auf und kletterte dann wieder mit ihnen in den Wipfel. Die drei Schwanenprinzessinnen hatten nichts gemerkt; sie fuhren fort, auf dem Felde zu singen und zu tanzen, bis es drei Stunden nach Mitternacht war. Da kehrten sie zum Fuße des Baumes zurück und wollten ihre Federhüllen wieder anlegen. Aber die waren verschwunden. Sie liefen umher und suchten und suchten; endlich erblickten sie den jungen Burschen, welcher droben im Baume saß. Sie sprachen ihn an und sagten, er habe gewiß ihre Schleier weggenommen. Jawohl, sagte Esbeen. Da baten sie ihn flehentlich, er möge ihnen doch die Schleier wiedergeben. Sonst seien sie ganz unglücklich, sagten sie; und sie weinten und baten und versprachen, ihm so viel Gold und Silber für die Schleier zu geben, daß er reicher würde als der König im Lande. Esbeen saß und schaute sie an. Wie schön waren sie doch alle drei! Dann sagte er, sie erhielten ihre Schleier nur zurück, wenn eine von ihnen seine Frau werden wolle.

»Ach, nein«, sagte die eine; »nein, fürwahr nicht!« sagte die andere, aber die dritte, das war die jüngste Prinzessin, die sagte: »Ja! Gib uns jetzt die Schleier!«

Da erhielten die zwei ihre Schleier, aber sie erhielt nicht den ihrigen, bevor sie ihm ihre Hand und einen Kuß gegeben und einen Ring an seinen Finger gesteckt und versprochen hatte, am nächsten Mittsommerabend wiederzukommen und Hochzeit mit ihm zu halten.
»Wir sind drei Schwestern«, sagte sie, »und Königstöchter, und wir sind in einem Schlosse aufgewachsen, das an dieser Stelle gestanden hat. Aber vor langer Zeit sind wir von einer bösen Hexe geraubt worden, die uns zehntausend Meilen von hier gefangenhält. Nur in jeder Mittsommernacht dürfen wir hierherfliegen und unser Heim besuchen. Jetzt mußt du hier auf dieser Stelle ein Schloß bauen, worin unsere Hochzeit stattfinden kann, und du mußt alles königlich einrichten, und du magst so viele Gäste laden, wie du willst, nur nicht den König in diesem Land. Du sollst Mittel genug erhalten, um das Schloß zu bauen: brich einen Zweig von dem Baume, darin du gesessen, und schlage auf den größten Stein am Fuße desselben und sprich: ›Für Jungfer Lene von Söndervand!‹ Dann dreht er sich um, und du findest unter ihm alles, dessen du bedarfst. Mit einem Schlag des Eschenzweiges und denselben Worten kannst du die Schatzkammer öffnen und schließen, so oft du willst. Und nun bis dahin lebe wohl!« sagte sie.
Dann wand sie den Schleier um ihr Haupt, wie die anderen es schon getan hatten, und er wallte über sie hinab und spannte sich über ihr aus wie zwei große Schwingen, und dann flogen sie alle drei auf: erst sahen sie wie drei weiße Schwäne aus, aber höher und höher schwebten sie hinan, und bald waren sie außer Sicht, ehe noch der erste Sonnenstrahl über den Acker fiel.
Lange stand Esbeen und blickte ihnen nach, ganz verwirrt von allem, was er gesehen und gehört und erlebt hatte. Endlich raffte er sich auf, brach einen Zweig von der Esche und schlug auf den Stein mit den Worten: »Für Jungfer

Lene von Söndervand!«, und sogleich wälzte der Stein sich um, und unter demselben war der Eingang zu einer königlichen Schatzkammer voller Gold und Edelsteine, gemünzten Geldes, kostbaren Schmucks, Trinkhörnern und Leuchtern und allen erdenklichen Zierrats für einen königlichen Tisch. Esbeen nahm so viel Gold- und Silbergeld, wie er tragen konnte, dann schlug er wieder auf den Stein und sprach dieselben Worte, und dann ging er heim zum Hofe seines Vaters.

Der Vater und die Brüder hätten ihn fast nicht wiedergekannt; er war nicht wie derselbe Mensch, als er an diesem Morgen ins Zimmer trat, so flink und munter, das Haar aus der Stirn gestrichen und mit funkelnden Augen. Dann sagte er ihnen, jetzt wisse er, was den Acker in den vorhergehenden Jahren verwüstet habe. Derselbe solle nicht besät, sondern es solle ein Schloß dort erbaut werden, und in dem solle am nächsten Mittsommerabend seine Hochzeit stattfinden. Zuerst glaubten sie, er habe ganz den Verstand verloren; als sie aber all das Gold und Silber sahen, das er mitbrachte, kamen sie auf andere Gedanken und ließen ihn schalten und walten, wie es ihm gefiel.

Nun berief er Steinhauer und Zimmerleute, Maurer und Tischler, und setzte einen Meister über sie alle und sagte ihm, es solle ein königliches Schloß erbaut werden, und dasselbe müsse innerhalb eines Jahres vollständig fertig sein. Er gab dem Meister alles Geld, was derselbe verlangte; er konnte dessen ja genug aus seiner Schatzkammer nehmen; und nun gab's eine Emsigkeit ohnegleichen, mit Axt und Säge, mit Hobel und Hammer, mit Meßlot und Maurerkelle; und bis zum Walpurgistag stand das Schloß fertig mit Türmen und Zinnen, mit Kupferdach und goldenen Wetterfahnen. Und dann ließ er alle Leute im Dorf und alle Bekannten aus der ganzen Gegend zur Hochzeit laden.

Von dem Bau war natürlich viel geredet worden, und nicht

minder wurde von der Hochzeit geredet, die am Mittsommerabend in dem neuen Schlosse stattfinden sollte. Am allermeisten jedoch war man darauf aus, zu erfahren, wer die Braut sein würde, denn ihren Namen wußte keiner. Da traf es sich eines Tages kurz vor der Mittsommerzeit, als alle schon eingeladen waren, daß Esbeens Vater dem König des Landes begegnete, der einen Spazierritt gemacht und den Weg am neuen Schlosse vorüber genommen hatte, von dem er so viel gehört. Der Hofbauer zog natürlich seinen Hut vor dem König, der seinen Gruß erwiderte und sagte, er habe von der großen Hochzeit gehört, die er für seinen jüngsten Sohn ausrichte.

»Ich hätte schon Lust«, sagte der König, »ihn und seine junge Braut zu sehen.«

Da meinte der Bauer, er könnte doch nicht umhin, zu sagen, es würde ihnen eine große Ehre sein, wenn der König selbst zur Hochzeit kommen würde. Dank, sagte der König, das wolle er gern, und dann ritt er seines Weges.

Der Hochzeitstag erschien, und die Gäste kamen, und der König kam auch; Esbeen war da, aber die Braut noch nicht. Man begann zu munkeln, die Sache hinge wohl nicht richtig zusammen; von der Braut hätte Esbeen wohl nur geträumt, und mit dem Schlaf sei sie wieder verschwunden. Gegen die Zeit des Sonnenuntergangs ging Esbeen vor das Schloß hinaus und blickte in die Luft empor.

»Hm, soll sie von dorther kommen?« sagten die Leute; »ja, dann ist sie wohl nur eine der Mucken, die Esbeen im Kopfe gehabt hat.«

Allein Esbeen war ganz ruhig; er hatte einen Zug Schwäne durch die Luft streichen sehen, und er wußte jetzt, daß sie in der Nähe sei. Und gleich darauf fuhr ein prächtiger goldener Wagen, von sechs weißen Pferden gezogen, an der Treppe vor. Esbeen sprang an den Wagenschlag. Dort saß die Braut in strahlender Schönheit. Aber das erste, was sie sagte, war: »Ist der König hier?« Darauf mußte Esbeen antworten: »Ja! – aber er hat sich selbst eingeladen; ich habe ihn nicht eingeladen.«

»Das bleibt sich gleich«, sagte die Braut; »halte ich hier heute meinen Brauteinzug, so wird der König der Bräutigam, du verlierst dein Leben, und ich werde unglücklich; denn dir und keinem anderen will ich angehören. Jetzt mußt du zu mir kommen, wenn du es vermagst, und zwar ehe das Jahr um ist, sonst ist es zu spät. Ich wohne zehntausend Meilen von hier auf dem Schlosse südwärts von der Sonne, westwärts vom Monde und mitten in der Welt.«

Als sie das gesagt hatte, fuhr sie in sausender Eile fort, und gleich darauf sah Esbeen den Zug Schwäne gen Himmel fliegen und in den Wolken verschwinden.

Da nahm Esbeen den Stab in die Hand, verließ alles und machte sich auf die Wanderung in die weite Welt hinaus, um sie aufzusuchen. Er ging geradewegs nach Süden, und er ging Tage und Wochen, und wohin er kam, fragte er, ob niemand das Schloß kenne; aber nie traf er jemanden, der es nur hatte nennen hören. Endlich kam er eines Tages draußen in einem Walde zu ein paar großen, grimmigen Kerlen, die sich miteinander rauften. Esbeen redete sie an und frug, um was sie sich rauften. Sie rauften sich um einen alten Hut, der dort liege; ihr Vater sei gestorben, und sie sollten jetzt das Erbe teilen.

»Er ist doch auch nicht viel wert«, sagte Esbeen. Doch, sagten die Waldkobolde, es sei kein Hut wie andere Hüte, denn wer ihn aufhabe, der sei unsichtbar; darum wollten sie ihn beide haben. Und dann fuhren sie wieder aufeinander los und schalten und rauften sich.

»Ja, balgt ihr nur zu, bis ihr euch einigt!« sagte Esbeen, dann schnappte er den Hut weg und setzte ihn auf und ging seines Weges.

Als er eine gute Weile gegangen war, kam er zu ein paar

anderen Waldkobolden, die sich zankten; sie sollten auch ihren Vater beerben; es handelte sich nur um ein Paar alter Stiefel, aber wer die anhatte, machte hundert Meilen mit jedem Schritt, daher wollten sie beide dieselben haben. Esbeen ließ sich mit ihnen in ein Gespräch ein, und als er hörte, um was sie sich stritten, gab er ihnen den Rat, um die Wette zu laufen.

»Jetzt werde ich einen Stein werfen«, sagte er, »zu dem müßt ihr hinlaufen, und wer zuerst ankommt, der soll die Stiefel haben.«

Darauf gingen sie ein, Esbeen warf den Stein, und sie rannten fort. Mittlerweile zog Esbeen die Stiefel an, und dann tat er einen Schritt, da war er hundert Meilen weit fort.

Wieder rauften sich ein paar Waldkobolde um ihr väterliches Erbe, das sich nicht teilen ließ und das jeder von ihnen haben wollte. Es war ein altes rostiges Taschenmesser. Aber es habe die Eigenschaft, sagten sie, daß, wenn man es aufmache und nur auf jemand damit hinweise, derselbe tot umfalle; und wenn man es dann zuklappe und den Toten berühre, werde derselbe wieder lebendig.

»Zeigt mir das Messer«, sagte Esbeen, »ich finde wohl Rat, ich habe dergleichen Händel schon eher geschlichtet.«

Als er dasselbe empfing, mußte er es doch erproben, und er machte es auf und hielt es auf die beiden Waldkobolde gerichtet; da fielen sie tot um.

»Es verhält sich wirklich so«, sagte Esbeen, dann klappte er es zu und berührte sie, und sogleich sprangen sie wieder auf. Dann steckte Esbeen das Messer in die Tasche, sagte ihnen Lebewohl und war im selben Augenblick hundert Meilen weit fort.

Esbeen ging immer weiter bis gegen Abend, da kam er zu einem kleinen Hause, das mitten im wilden Walde lag. Dort wohnte eine alte Frau, die war so alt, daß Moos auf ihr wuchs. Esbeen grüßte sie freundlich und frug, ob sie ihm nicht sagen könne, wo das Schloß sei, das südwärts von der Sonne, westwärts vom Mond und mitten in der Welt liege. Nein, sagte sie, von dem Schlosse habe sie niemals reden hören. Aber sie gebiete über alle Tiere auf dem Felde, und sie wolle sie zusammenrufen und sie fragen, ob eins von ihnen dasselbe kenne. Dann blies sie in ihre Pfeife, und allerlei wilde Tiere versammelten sich; sie kamen in vollen Sprüngen herbei, bis auf den Fuchs, der kam hintendrein geschlichen und war schlechter Laune, denn er war eben im Begriff, eine Gans wegzuschnappen, als er die Pfeife vernahm und fortmußte. Aber weder der Fuchs noch eines der anderen Tiere wußte etwas von dem Schloß.

»Ja, da mußt du wohl zu meiner Schwester gehen«, sagte die Frau, »welche über alle Fische im Meere gebietet. Sie wohnt dreihundert Meilen von hier, und der Fuchs, welcher zuletzt gekommen ist, soll dir den Weg weisen.«

Es dauerte nicht lange, bis Esbeen zu der alten Frau kam, die über alle Fische im Meer gebot. Aber sie hatte das Schloß niemals nennen hören, und von allen Fischen, die sie mit ihrer Pfeife zusammenrief, war auch keiner so weit gekommen.

»Dann mußt du zu meiner Schwester gehen«, sagte die Frau, »welche über alle Vögel unter dem Himmel gebietet. Vermag sie dir nicht zu helfen, so vermag's niemand. Sie wohnt dreihundert Meilen von hier grade gen Süden, auf einem hohen Berge, den kannst du unmöglich verfehlen.«

Esbeen machte sich also wieder auf den Weg und kam bald zum Vogelberge. Die alte Frau, welche dort wohnte, hatte niemals von dem Schlosse südwärts von der Sonne, westwärts vom Monde und mitten in der Welt reden hören. Aber sie stieß in ihre Pfeife, und da kamen alle Vögel von allen Enden der Welt herangeschwirrt. Sie fragte sie, ob sie das Schloß kennten; aber keiner von ihnen war so weit gekommen.

»Aber der alte Adler ist ja nicht hier«, sagte sie und stieß nochmals in ihre Pfeife. Da kam endlich der große Adler herangeflogen und setzte sich auf einen Baumwipfel.
»Woher kommst du?« fragte die Frau. »Du hast dein Leben verwirkt, denn du kamst zu spät.«
»Ich komme von dem Schloß südwärts von der Sonne und westwärts vom Mond und mitten in der Welt«, sagte der Adler, »dort habe ich mein Nest und meine Jungen, und für die mußte ich erst ein wenig sorgen, ehe ich so weit von ihnen wegfliegen konnte.«
Da sagte die Frau, ihm solle das Leben geschenkt sein, wenn er Esbeen zu dem Schloß hinbringen könne. Der Adler meinte, das könne er wohl, wenn er sich die Nacht über ausruhen dürfe.
Am nächsten Morgen setzte Esbeen sich auf den Rücken des Adlers, und dieser flog höher und höher in die Luft hinauf und weit über das wilde Meer. Als sie eine Weile geflogen waren, sagte der Adler zu Esbeen: »Siehst du etwas vor uns?«
»Ich sehe eine große schwarze Wand gerade vor uns«, sagte Esbeen.
»Ja, das ist die Erde, durch die wir hindurch müssen«, sagte der Vogel; »halte dich gut fest, denn wenn du mir umkommst, so gilt es mein Leben.« Dann flog er mitten in das stockfinstere Loch hinein, Esbeen hielt sich gut fest, und bald erblickte er wieder das Tageslicht. Als sie abermals eine Weile geflogen waren, sagte der Vogel wiederum: »Siehst du etwas vor uns?«
»Es sieht wie ein Glasberg aus«, sagte Esbeen.
»Das ist das Wasser, durch das wir hindurch müssen«, sagte der Vogel; »halte dich jetzt gut fest, denn wenn du mir umkommst, so gilt es mein Leben.«
Dann schossen sie gerade durch das Wasser, und sie kamen glücklich hindurch. Dann flogen sie wieder eine Weile durch die Luft.

»Siehst du etwas vor uns?« sagte wieder der Vogel.
»Ich sehe nur Feuerflammen«, sagte Esbeen.
»Durch die müssen wir hindurch«, sagte der Vogel. »Ducke dich gut unter mein Gefieder und halte dich fest! Kommst du mir um, so gilt es mein Leben.«
Dann flogen sie geradewegs in das Feuer hinein, kamen aber glücklich hindurch. Dann ließ sich der Vogel auf ein Land nieder und sagte: »Jetzt muß ich mich ein wenig ausruhen; wir haben noch fünfhundert Meilen vor uns.«
»Jetzt kann ich dich tragen«, sagte Esbeen, und dann nahm er den Adler auf den Rücken und legte den Weg in fünf Sprüngen zurück.
»Jetzt sind wir doch zu weit gekommen«, sagte der Adler, »kannst du nicht zehn Meilen zurückgehen?«
»Nein, das kann ich nicht«, sagte Esbeen.
»Dann müssen wir sie fliegen«, sagte der Adler; und so kamen sie glücklich zu dem Schloß südwärts von der Sonne, westwärts vom Monde und mitten in der Welt. Es war ein Schloß, dessen gleiches es nicht auf Erden gab; es glänzte von oben bis unten wie das lautere Gold.
Als Esbeen zu dem Schloß kam, setzte er sich draußen vors Tor, bis ein Mädchen kam und hineinging. Zu der sagte er: »Grüße Jungfer Lene von Söndervand und bitte sie um einen Becher Wein für einen müden Wandersmann!«
Diese Botschaft brachte das Mädchen der Prinzessin; sie ließ ihren eigenen Goldbecher mit Wein füllen und sandte das Mädchen damit hinaus. Und als Esbeen getrunken, warf er den Ring, welchen er bei der ersten Begegnung erhalten hatte, in den Becher. Die Prinzessin erkannte sogleich den Ring und eilte selber hinab, umarmte ihn und führte ihn ins Schloß.
»Nun hab ich dich«, sagte sie; »aber ich muß dich gleich wieder loslassen, und du mußt den langen Weg in meiner Federhülle zurückfliegen. Denn erblickt dich die Hexe,

welche uns gefangen hält, so verwandelt sie dich mit einem einzigen Blick in Stein.«

»Dagegen weiß ich Rat«, sagte Esbeen, »zeige mir nur, wo sie ist!«

Dann setzte Esbeen seinen unsichtbar machenden Hut auf, nahm sein Messer in die Hand und ging zur Hexe hinein und wies auf sie hin, da fiel sie tot um. Dann ließ er sie zwanzig Klafter tief in der Erde begraben, hielt Hochzeit mit seiner Prinzessin, und die Hochzeit ist noch nicht zu Ende.

Und ich bin auch auf Esbeens Hochzeit gewesen; aber da wir auf einer Papierdiele tanzten und ich ein paar große Holzschuhe anhatte, so brach ich durch und fiel in ein Spinngewebe und blieb darin hängen. Und das Spinngewebe stopften sie als Vorladung in eine Kanone, und niemand bemerkte mich. So wurde ich herausgeschossen und flog hierher, wo ich jetzt sitze und diese Geschichte erzähle.

[Märchen aus Dänemark]

Wassilissa, die Wunderschöne

****

Im Zarenreich hinter den blauen Meeren und hinter den hohen Bergen lebte ein Kaufmann mit seiner Frau. Sie hatten eine einzige Tochter, die war so schön, daß alle sie Wassilissa, die Wunderschöne, nannten. Eines Tages wurde die Frau des Kaufmanns todkrank. Sie fühlte ihr Ende nahen und rief ihre Tochter zu sich.

»Wassilissa, mein Liebes«, sprach sie, »ich will dir eine Puppe schenken.« Und sie holte unter den Kissen eine Puppe hervor. »Immer, wenn du in Not bist, mußt du ihr zu essen geben, dann wird sie dir helfen.«

Darauf küßte die Mutter ihre Tochter und verschied.

Der Vater trauerte eine Zeitlang um seine Frau. Da er aber wollte, daß Wassilissa gut versorgt würde, nahm er eine Witwe zur Frau, die zwei Töchter in Wassilissas Alter hatte. »Das trifft sich gut«, dachte der Kaufmann, »die drei werden sich sicher gut verstehen.«

Doch die zweite Frau sah voller Neid auf Wassilissas Schönheit, die größer und herrlicher war als die Schönheit ihrer Töchter, ja, Wassilissa übertraf alle Mädchen der Stadt. Sie wurde so böse darüber, daß sie Wassilissa die schwerste und schmutzigste Arbeit tun ließ. Sie schickte sie bei Wetter und Wind in den Garten hinaus, damit ihre schöne weiße Haut rauh und dunkel werden sollte. Wassilissa tat alles, ohne zu widersprechen, aber am Abend gab sie ihrer Puppe zu essen und klagte ihr ihr Leid.

»Das ist kein Leben in diesem Haus, die Stiefmutter und die Schwestern leben wie die Fürstinnen, und ich muß ganz allein die schwerste Arbeit tun.«

Die Puppe sagte: »Geh schlafen, ich werde dir helfen. Der Morgen ist weiser denn der Abend.«
Als Wassilissa erwachte, war alle Arbeit getan; das Haus blitzte vor Sauberkeit, die Wäsche war gewaschen und geflickt, das Wasser stand bereit, im Ofen brannte das Feuer, und das Essen war zubereitet. Tagsüber konnte Wassilissa ausruhen, denn die Puppe tat auch im Garten alle Arbeit. Sie rupfte das Unkraut, goß die Beete und schnitt den Kohl. Sie gab Wassilissa sogar ein Kraut gegen Sonnenbrand.
Auf diese Weise wurde Wassilissa immer feiner und schöner, die Stiefmutter und die Schwestern aber ärgerten sich so sehr, daß sie immer häßlicher und magerer wurden.
Die Zeit verging, und schließlich waren die Mädchen alt genug, um zu heiraten. Aber die jungen Männer aus der Stadt hatten nur Augen für Wassilissa und wollten die Schwestern gar nicht sehen.
Die Stiefmutter sagte zornig: »Wassilissa darf erst heiraten, wenn auch ihre Schwestern verheiratet sind!«
Und die jungen Männer verließen schnell das Haus und kamen nicht wieder.
Eines Tages mußte der Vater seine Familie verlassen und sich auf eine lange Reise begeben. Da sagte die Stiefmutter: »Wir wollen von nun an am Rand des Waldes wohnen.«
Dort stand ein leeres Haus, das keiner bewohnen wollte, denn der Wald war finster und unheimlich, und die Leute hatten Angst vor ihm, denn tief im Walde wohnte die Baba Jaga, die die Menschen wie Hühnchen auffraß, die sie erwischen konnte. Die Stiefmutter aber schickte Wassilissa immer wieder in den Wald und hoffte, die Baba Jaga würde sie eines Tages fangen und verspeisen, aber Wassilissa kam mit Hilfe ihrer Puppe immer aus dem Wald zurück.
Der Herbst kam, und an den langen Abenden gab die Stiefmutter den Mädchen Arbeiten: die eine häkelte Spitzen, die andere strickte Strümpfe, und Wassilissa spann.

Dann löschte sie im ganzen Haus die Lichter aus und ging zu Bett. Nur eine Kerze brannte für die Mädchen. Als die Kerze herunterbrannte, nahm die eine der Schwestern die Schere, um den Docht zu kürzen, und dabei löschte sie die Flamme aus; die Mutter hatte es ihr aber so befohlen.
Sie jammerte: »Nun haben wir kein Feuer mehr und sind noch nicht fertig mit der Arbeit. So müssen wir bei der Baba Jaga Feuer holen!«
»Meine Nadel leuchtet so hell«, sagte die stickende Schwester, »ich brauche kein Feuer!«
»Meine Nadeln geben mir genug Licht«, sagte die strikkende Schwester, »ich brauch auch kein Feuer!«
Beide aber riefen: »Also muß Wassilissa das Feuer holen!«
Auf ihrem Zimmer gab Wassilissa der Puppe zu essen, und diese sagte: »Hab nur keine Angst, solange ich bei dir bin, kann dir nichts Schlimmes geschehen!«
Auf dem langen und finsteren Weg durch den Wald leuchteten die Augen der Puppe. Plötzlich jagte ein Reiter vorüber, der schimmerte ganz weiß, ein Reiter mit weißem Gewand, auf einem weißen Pferd mit weißem Zaumzeug und weißem Sattel; da begann es hell zu werden.
Dann jagte ein Reiter vorüber ganz in Rot, in rotem Gewand, auf einem roten Pferd mit rotem Zaumzeug und rotem Sattel. Da ging die Sonne auf.
Der Weg war lang wie der Tag, und erst am Abend erreichte Wassilissa das Haus der Baba Jaga. Ein Zaun aus Menschenknochen umgab das Haus, auf Pfählen staken Menschenschädel. Die Angeln des Tores waren Menschenfüße, eine Menschenhand war der Riegel und das Schloß ein Menschenmund mit scharfen Zähnen.
Da jagte plötzlich ein Reiter daher, ein Reiter ganz in Schwarz, in schwarzem Gewand, auf schwarzem Pferd mit schwarzem Zaumzeug und schwarzem Sattel. Er jagte zum Tor hinaus und war verschwunden. Da war es tiefe Nacht.

Doch im selben Augenblick begannen die Augen der Schädel zu leuchten, daß es ringsum ganz hell wurde. Und im Wald erhob sich ein großer Lärm, die Bäume krachten, die Blätter zischten, und Baba Jaga fuhr herbei in einem Mörser. In der einen Hand schwenkte sie eine Keule, in der anderen einen Besen, mit dem sie die Spuren verwischte. Sie hielt an und schrie: »Es riecht nach Mensch! Wer ist es?«

Wassilissa, voll Angst und Entsetzen, verbeugte sich zitternd und sagte: »Die Schwestern haben mich nach Feuer geschickt!«

»Diese Schwestern kenne ich wohl«, fauchte Baba Jaga, »und Feuer sollst du bekommen, aber zuvor mußt du für mich arbeiten. Arbeitest du nicht, so fresse ich dich!« Zum Tor rief sie: »Auf, auf!«, und das Tor öffnete sich. Dann sagte sie zu Wassilissa: »Bring mir das Essen! Hole Kwas, Met, Bier und Wein aus dem Keller!«

Wassilissa gehorchte, und Baba Jaga aß für zehn und ließ nur ein Schüsselchen Kohlsuppe, ein Stückchen Brot und ein Häppchen Fleisch übrig.

»Morgen gehe ich aus dem Haus«, sagte sie. »Dann wirst du Haus und Hof aufräumen, das Essen kochen, die Wäsche waschen und die schlechten Körner aus dem Weizen lesen. Die Arbeit muß getan sein, wenn ich heimkomme, sonst fresse ich dich!«

Dann legte sich die Baba Jaga schlafen und schnarchte.

Wassilissa fütterte ihre Puppe und klagte ihr ihre Not. »Was soll ich nur machen?«

Die Puppe sagte: »Der Morgen ist weiser als der Abend. Sei ruhig und schlafe.«

Wassilissa erwachte, und da flog der weiße Reiter vorüber, die Lichter in den Schädeln erloschen, die Baba Jaga pfiff nach Mörser, Keule und Besen, der rote Reiter flog auf seinem Pferd vorüber, da ging die Sonne auf, und Baba Jaga fuhr davon.

Als sich Wassilissa umschaute, sah sie, daß alle Arbeit getan war. Die Puppe suchte letzte schwarze Körner aus dem Weizen, und Wassilissa brauchte nur noch das Essen zu kochen.
Es wurde Abend; der schwarze Reiter flog auf seinem schwarzen Pferd herein, die Lichter der Schädel leuchteten auf, die Bäume krachten, die Blätter zischten, und Baba Jaga kam heim.
»Ist alle Arbeit gemacht?« fragte sie ärgerlich, als sie sah, daß alles getan war, was sie aufgetragen hatte.
Dann rief sie: »Kommt jetzt, meine Freunde, und mahlt mir den Weizen!« Und dreimal zwei Menschenhände nahmen den Weizen und verschwanden mit ihm. Baba Jaga aß und trank für zehn.
Sie befahl: »Morgen machst du die gleiche Arbeit und reinigst den Mohn!«, legte sich hin und schnarchte.
Wassilissa fütterte wieder die Puppe und klagte ihr ihre Not.
»Leg dich ruhig schlafen«, sagte die Puppe. »Der Morgen ist weiser als der Abend.«
Auch am nächsten Morgen war alle Arbeit schon getan, und am Abend geschah dasselbe wie am Abend vorher.
Baba Jaga knurrte: »Warum redest du nicht mit mir?«
Wassilissa antwortete: »Ich möchte dich etwas fragen.«
»Frage nur, doch gib acht, wer viel weiß, wird schnell alt!«
»Ich habe drei Reiter gesehen«, sagte Wassilissa, »der eine war rot, der andere weiß, der dritte schwarz. Wer sind diese Reiter?«
»Der weiße ist mein heller Tag, der rote meine rote Sonne, der schwarze meine schwarze Nacht. Alle drei dienen mir. Willst du noch etwas wissen?«
»Das ist genug«, sagte Wassilissa, die noch gerne nach den Menschenhänden gefragt hätte, es aber nicht wagte, weil sie sich fürchtete. »Wer viel weiß, wird schnell alt, das hast du ja gesagt.«

»Das ist dein Glück«, sagte Baba Jaga, »hättest du mehr gefragt, hätte ich dich gefressen. Doch sage mir, wie du es schaffst, mit der vielen Arbeit fertig zu werden.«

»Der Segen meiner Mutter hilft mir«, antwortete Wassilissa.

Da schrie die Baba Jaga: »Gesegnete Töchter sind mir ein Graus! Mach, daß du fortkommst!« Sie zerrte Wassilissa aus dem Haus, gab ihr einen Schädel vom Zaun, das Licht für die Schwestern, und jagte sie weg.

Wassilissa wanderte den ganzen Tag und durch die ganze Nacht, und das Licht im Schädel leuchtete ihr bis zum Morgen. Am Abend war das Haus ihrer Stiefmutter nicht mehr fern. Sie wollte den Schädel wegwerfen, denn sie dachte, die Schwestern hätten inzwischen anderswo Licht besorgt. Der Schädel aber sagte: »Nimm mich mit ins Haus!«

Im Haus war es noch immer dunkel, und als Wassilissa hineinging, leuchtete das Licht im Schädel hell auf. Zunächst waren die Stiefmutter und die Schwestern froh, sie zu sehen, denn das Licht, das sie sich bei den Nachbarn geholt hatten, war immer ausgegangen, sobald sie ins Haus traten. Dann aber begann das Licht des Schädels sie zu schmerzen, es tat ihnen so weh, daß sie sich versteckten. Doch sosehr sie sich auch verkrochen, das Licht drang überallhin und brannte sie, brannte sie so heftig, daß schließlich alle drei zu Asche verbrannten.

Am nächsten Morgen vergrub Wassilissa den Schädel, verließ das Haus und ging in die Stadt. Sie bat eine alte Frau, die allein lebte, bei ihr wohnen zu dürfen. Dafür wollte sie für die Alte Flachs spinnen.

Die alte Frau kaufte den Flachs für Wassilissa, und diese spann Fäden so fein wie Haar. So fein war der Faden, daß es keinen Webstuhl für ihn gab.

Nachdem die Puppe gegessen hatte, befahl sie Wassilissa: »Laß mich mit dem alten Webstuhl allein!«

Sie webte aber den allerfeinsten Stoff, während Wassilissa schlief.
Sie riet der alten Frau, den Stoff zu verkaufen und das Geld zu behalten.
»So einen feinen Stoff kann nur der Zar tragen«, sagte die Alte und machte sich auf den Weg. Der Zar bewunderte die Feinheit des Gewebes und fragte: »Was willst du dafür haben?«
»Ich schenke ihn dir, Väterchen«, antwortete die Alte, und der Zar gab ihr dafür viele Gegengeschenke.
Doch am ganzen Hof war niemand, der aus diesem kostbaren Stoff Hemden nähen konnte, und so ließ der Zar die Alte wieder zu sich rufen.
»Du vermochtest den Stoff zu weben«, sagte er zu ihr, »da sollte es dir auch gelingen, Hemden davon zu nähen!«
»Es war Wassilissa, meine Pflegetochter«, sagte die Alte, »die diesen Stoff gewebt hat, und sie wird wohl die Hemden für dich machen.«
Wassilissa aber ging in ihr Zimmer und nähte aus dem wunderbaren Stoff zwölf Hemden. Die Alte brachte dem Zaren die Hemden, und der wollte das Mädchen sehen, das so schöne Hemden nähen konnte. Als Wassilissa vor dem Zaren stand, vergaß er die Hemden und sagte: »Wassilissa, du bist wunderschön! Ich lasse dich nicht mehr fort. Bitte, laßt uns sofort die Hochzeit feiern!«
Die Hochzeit wurde mit großer Pracht gefeiert und war ein glückliches Fest.
Wassilissas Vater kehrte endlich von seiner langen Reise zurück. Er erfuhr alles, was sich zugetragen hatte, und er blieb wie die alte Frau am Hofe des Zaren.
Wassilissas Beschützerin, die Puppe, ruhte von nun an von der vielen Arbeit aus.

[Märchen aus Rußland]

Der Tontlawald

Zu alten Zeiten stand nördlich vom Peipus-See ein schöner Hain, der Tontlawald hieß, den aber kein Mensch zu betreten wagte. Dreiste, die zufällig einmal näher gekommen waren und gespäht hatten, erzählten, sie hätten unter dichten Bäumen ein verfallenes Haus gesehen und um dasselbe herum menschenähnliche Wesen, von denen der Rasen wie in einem Ameisenhaufen wimmelte. Die Geschöpfe hätten rußig und zerlumpt ausgesehen wie die Vagabunden, und es wären namentlich viele alte Weiber und halbnackte Kinder darunter gewesen.
Als einst ein Bauer, der in finsterer Nacht von einem Schmause nach Hause ging, etwas tiefer in den Tontlawald hineingeraten war, hatte er seltsame Dinge gesehen. Um ein helles Feuer war eine Anzahl Weiber und Kinder versammelt. Einige saßen am Boden, die andern tanzten auf dem Rasen. Ein altes Weib hatte einen breiten, eisernen Schöpflöffel in der Hand, mit welchem sie von Zeit zu Zeit die glühende Asche über den Rasen hinstreute, worauf die Kinder mit Geschrei in die Luft hinauffuhren und wie Nachteulen um den aufsteigenden Rauch flatterten, bis sie zuletzt wieder herabkamen. Dann trat aus dem Walde ein kleiner alter langbärtiger Mann, der auf dem Rücken einen Sack trug, der länger war als er selbst. Weiber und Kinder liefen dem Alten lärmend entgegen, tanzten um ihn herum und suchten ihm den Sack vom Rücken zu reißen. Aber der Alte machte sich von ihnen los. In diesem Augenblick sprang eine schwarze Katze, so groß wie ein Fohlen, die mit glühenden Augen auf der

Türschwelle gesessen, auf den Rücken des Alten und verschwand dann in der Hütte.

Weil aber dem Zuschauer schon der Kopf brannte und es ihm vor den Augen flimmerte, so blieb auch seine Erzählung unsicher, und man konnte nicht recht dahinterkommen, was daran wahr und was falsch sei. Auffallend war es, daß von Geschlecht zu Geschlecht solche Dinge vom Tontlawald erzählt wurden. Aber niemand wußte genauere Auskunft zu geben. Der Schwedenkönig hatte mehr als einmal befohlen, den gefürchteten Wald zu fällen, aber die Leute wagten es nicht, den Befehl zu vollziehen. Einmal hieb ein mutiger Mann mit einer Axt in einige Bäume. Da floß sogleich Blut, und man hörte Jammergeschrei wie von gequälten Menschen. Der erschreckte Holzfäller nahm zitternd und bebend die Flucht. Seitdem war kein noch so strenger Befehl, kein noch so reichlicher Lohn imstande, wieder einen Holzfäller in den Tontlawald zu locken. Sehr verwunderlich erschien es auch, daß weder ein Weg aus dem Wald heraus- noch einer hineinführte. Auch sah man das ganze Jahr durch keinen Rauch aufsteigen, der das Dasein menschlicher Wohnstätten verraten hätte. Groß war der Wald nicht und rings um ihn her war flaches Feld, so daß man freien Ausblick auf den Wald hatte. Hausten wirklich hier von alters her lebende Wesen, so mußten sie wie die Hexen bei Nacht, wo alles ringsum schlief, durch die Luft fahren.

Nun lag einige Werst vom Tontlawalde entfernt ein großes Dorf. Dort hatte ein verwitweter Bauer wieder ein junges Weib genommen. Von seiner ersten Frau hatte er ein siebenjähriges Mädchen mit Namen Else, ein kluges liebes Kind. Die böse Stiefmutter aber machte der Armen das Leben schlimmer als die Hölle. Sie puffte und knuffte das Kind vom Morgen bis zum Abend und gab ihm schlechteres Essen als den Hunden. An ihrem Vater hatte sie keinen Halt, da dieser sich selbst vor dem Weibe fürchtete. Länger

als zwei Jahre hatte Else dieses schwere Leben ertragen und hatte viele Tränen vergossen. Da ging sie eines Sonntags mit anderen Dorfkindern aus, um Beeren zu pflükken. Unbemerkt waren sie an den Rand des Tontlawaldes gekommen, wo sehr schöne Erdbeeren wuchsen, so daß der Rasen ganz rot davon war. Die Kinder aßen von den süßen Beeren und pflückten so viel in ihre Körbchen als jedes konnte.
Plötzlich rief ein älterer Knabe, der die gefürchtete Stelle erkannt hatte: »Fliehet, fliehet, wir sind im Tontlawalde!« Diese Worte waren schlimmer als Donner und Blitz. Alle Kinder nahmen Reißaus, als wären ihnen die Tontla-Unholde schon auf den Fersen. Else, welche etwas weiter gegangen war und unter den Bäumen sehr schöne Beeren gefunden hatte, hörte wohl das Rufen des Knaben, mochte sich aber nicht von dem Beerenfleck trennen. Sie dachte, die Tontla-Bewohner können nicht schlimmer sein als die Stiefmutter daheim. Da kam ein schwarzer kleiner Hund mit einem silbernen Glöckchen um den Hals bellend auf sie zu. Auf dieses Gebell eilte ein kleines Mädchen in prächtigen seidenen Kleidern herbei, verwies den Hund zur Ruhe und sprach dann zu Else: »Wie schön, daß du nicht mit den anderen Kindern davongelaufen bist. Bleibe mir zur Gesellschaft hier. Wir wollen uns jeden Tag vergnügen. Die Mutter wird es mir gewiß nicht abschlagen, wenn ich sie darum bitte. Komm, laß uns sogleich zu ihr gehen.« Damit faßte das prächtige fremde Kind Else bei der Hand und führte sie tiefer in den Wald hinein. Der kleine schwarze Hund bellte vor Vergnügen, sprang an Else hoch und leckte ihr die Hand, als wären sie alte Bekannte.
Was für Wunder und Herrlichkeit tauchte jetzt vor Elses Augen auf. Ein prächtiger Garten, mit Obstbäumen und Beerensträuchern angefüllt, stand vor ihnen. Auf den Zweigen der Bäume saßen Vögel, bunter als die schönsten

Schmetterlinge, manche mit Gold- und Silberfedern bedeckt. Und die Vögel waren nicht scheu, die Kinder konnten sie nach Belieben in die Hand nehmen. Mitten im Garten stand ein Wohnhaus aus Glas und Edelsteinen erbaut, so daß Wände und Dach glänzten wie die Sonne. Eine Frau in prächtigen Kleidern saß vor der Tür und fragte die Tochter: »Was bringst du da für einen Gast?«
Diese antwortete: »Ich fand sie allein im Walde und nahm sie mir zur Gesellschaft mit. Erlaubst du, daß sie hierbleibt?«
Die Mutter lächelte, sagte aber kein Wort, sondern musterte Else mit scharfem Blick von Kopf bis Fuß. Dann hieß sie Else nähertreten, streichelte ihre Wangen und fragte freundlich, wo sie zu Hause sei, ob ihre Eltern noch lebten und ob sie den Wunsch habe, hierzubleiben.
Else küßte der Frau die Hand, fiel vor ihr nieder, umfaßte ihre Knie und erwiderte dann unter Tränen:
»Die Mutter ruht schon lange unter dem Rasen. Der Vater lebt wohl noch, aber was hilft mir das. Die Stiefmutter haßt mich und schlägt mich unbarmherzig alle Tage. Nichts kann ich ihr recht machen. Bitte, laßt mich hierbleiben. Laßt mich die Herde hüten oder gebt mir andere Arbeit. Ich will alles tun und Euch gehorchen, aber schickt mich nicht zur Stiefmutter zurück, sie würde mich halb totschlagen, weil ich nicht mit den andern Kindern gekommen bin.«
Die Frau lächelte und sprach: »Wir wollen sehen, was ich für dich tun kann.«
Dann erhob sie sich von der Bank und trat ins Haus. Die Tochter aber sprach zu Else: »Sei getrost, meine Mutter ist freundlich. Ich sah an ihrem Blick, daß sie unsre Bitte gewähren wird, wenn sie die Sache näher überlegt hat. Laßt uns nun zusammen spielen. Bist du schon zur See gefahren?«
Else machte große Augen und fragte: »Was ist denn das?«

»Das wirst du gleich sehen«, antwortete das Kind und holte eine Muschelschale, zwei Fischgräten und ein Blatt vom Frauenmantel aus einer Schachtel. Dann schüttelte das Mädchen ein paar Tautropfen von dem Blatte auf den Rasen. Sogleich war da eine riesige Wasserfläche, die bis zum Horizont reichte. Die Muschelschale und die Gräten aber hatten sich in ein Boot mit zwei Rudern verwandelt. Die Kinder schaukelten fröhlich auf den Wellen, bis eine Stimme »Kiisike« rief.
»Was bedeutet das?« fragte Else.
»Das ist mein Name«, antwortete das Mädchen. »Es ist Zeit, zurückzugehen.«
Dann tauchte sie die Schachtel ins Wasser, und alsbald war der ganze Zauber vorbei, und sie befanden sich wieder vor dem Hause, das die Kinder betraten.
In einem großen Gemache saßen um einen Tisch vierundzwanzig Frauen, alle in prächtigen Kleidern, als wären sie auf einer Hochzeit. Oben am Tisch saß die Herrin auf einem goldenen Stuhle. Auf dem Tisch standen dreizehn Gerichte, alle in goldenen und silbernen Schüsseln. Ein Gericht aber blieb unberührt und wurde abgetragen wie es aufgetragen war, ohne daß man den Deckel gelüftet hätte. Else aß von den köstlichen Speisen, die ihr besser schmeckten als alles, was sie je gegessen hatte. Bei Tische wurde leise gesprochen, aber in einer fremden Sprache, von der Else kein Wort verstand. Die Frau sprach jetzt einige Worte zu einer Magd, die hinter ihrem Stuhle stand. Diese eilte hinaus und kam bald mit einem kleinen alten Manne wieder, dessen Bart länger war als er selbst. Der Alte verneigte sich und blieb an der Türe stehen.
Die Frau deutete mit dem Finger auf Else und sagte: »Betrachte dir dieses Bauernmädchen. Ich will es als Pflegekind annehmen. Forme mir ein Abbild von ihr, welches wir morgen statt ihrer ins Dorf schicken können.«
Der Alte sah Else scharf an, als wollte er Maß nehmen,

verneigte sich dann wieder vor der Frau und verließ das Gemach. Nach Tisch sagte die Frau freundlich zu Else: »Kiisike hat mich gebeten, ich möchte dich ihr zur Gesellschaft hierbehalten, und du selbst sagtest, du hättest den Wunsch, hierzubleiben. Ist dem nun wirklich so?«
Else fiel auf die Knie und küßte der Frau die Hände zum Dank. Die Frau aber hob sie vom Boden auf und sprach: »Ich will für dich sorgen und dir allen nötigen Unterricht geben lassen bis du erwachsen bist und dich selbst fortbringen kannst. Meine Frauen, welche Kiisike unterrichten, werden auch dir behilflich sein, alle feinen Handarbeiten zu erlernen und andere Kenntnisse zu erwerben.«
Nach einer Weile kam der Alte zurück mit einer mit Lehm gefüllten Mulde auf der Schulter und einem kleinen Dekkelkorb in der linken Hand. Er setzte Mulde und Korb auf die Erde, nahm ein Stück Lehm und machte daraus eine Puppe, welche Menschengestalt hatte. In den Leib, der hohl geblieben war, legte der Alte drei gesalzene Fische und ein Stück Brot. Dann machte er in der Brust der Puppe ein Loch, nahm aus dem Korb einen ellenlangen schwarzen Wurm und ließ ihn durch das Loch hineinkriechen.
Nachdem die Frau die Puppe von allen Seiten betrachtet hatte, sagte der Alte: »Jetzt brauchen wir nichts weiter als einen Tropfen von dem Blut des Bauernmädchens.«
Else wurde blaß vor Schrecken, als sie das hörte. Sie meinte, ihre Seele damit dem Bösen zu verkaufen. Aber die Frau tröstete sie.
»Fürchte nichts, wir wollen dein Blut nicht zu etwas Bösem, sondern zu etwas Gutem und zu deinem künftigen Glücke.«
Dann nahm sie eine kleine goldene Nadel, stach damit Else in den Arm und gab die Nadel dem Alten, der sie in das Herz der Puppe bohrte. Darauf legte er diese in den Korb, damit sie darin wachse, und versprach, am nächsten Morgen der Frau zu zeigen, was für ein Werk aus seinen Hän-

den hervorgegangen sei. Danach ging man zur Ruhe, und auch Else wurde in ihre Schlafkammer gebracht, wo ihr ein weiches Bett bereitet wurde.
Als sie am andern Morgen in dem seidenen Bett erwachte, fand sie sich mit einem seidenen Hemde bekleidet und sah reiche Gewänder auf einem Stuhle vor dem Bett liegen. Dann trat ein Mädchen ins Zimmer und hieß Else sich waschen und kämmen, worauf sie sie von Kopf bis Fuß mit den schönsten Kleidern schmückte, als wäre sie das vornehmste Kind. Die Bauernkleider, welche sie mitgebracht, waren in der Nacht fortgenommen und der Lehmpuppe angelegt worden, welche an ihrer Statt ins Dorf gehen sollte. Die Puppe war in der Nacht gewachsen und am Morgen ein vollständiges Ebenbild Elses geworden. Sie ging einher wie ein von Gott geschaffenes Wesen. Else erschrak, als sie die Puppe erblickte, die ganz so aussah, wie sie selbst gestern ausgesehen hatte.
Als die Frau Elses Erschrecken bemerkte, sprach sie: »Fürchte dich nicht, Kind, das Lehmbild kann dir keinen Schaden zufügen. Wir senden es zu deiner Stiefmutter, damit es ihr als Prügelklotz diene. Mag sie es schlagen, soviel sie will, das harte Lehmbild fühlt keinen Schmerz. Aber wenn das böse Weib nicht anderen Sinnes wird, so kann dein Ebenbild einmal die verdiente Strafe an ihr vollziehen.«
Von diesem Tage an lebte Else glücklich. Sie hatte weder Sorgen noch Mühen. Das Lernen wurde ihr von Tag zu Tag leichter, und das frühere harte Leben im Dorf schien ihr nur noch wie ein böser Traum. Aber je tiefer sie das Glück dieses Lebens empfand, desto wunderbarer erschien ihr auch alles. Es mußte eine unbekannte unerklärliche Macht hier walten.
Auf dem Hof stand ein Granitblock, etwa zwanzig Schritte vom Haus. Wenn die Essenszeit heranrückte, ging der Alte mit dem langen Barte an den Block, zog ein silber-

nes Stäbchen aus dem Gewande und klopfte dreimal an, so daß es hell widerklang. Dann sprang ein großer goldener Hahn heraus und setzte sich auf den Block. Sooft er in dieser Stellung mit dem Flügel schlug und krähte, kam aus dem Block etwas hervor. Zuerst ein langer gedeckter Tisch, auf dem so viele Teller standen, als essende Personen waren. Der Tisch ging von selbst ins Haus, als trügen ihn des Windes Flügel. Wenn der Hahn zum zweiten Mal krähte, kamen Stühle dem Tisch nachgegangen, dann Schüsseln mit einer Speise nach der andern – alles sprang aus dem Block heraus und flog wie der Wind zum Tisch. Wenn alle sich satt gegessen hatten, klopfte der Alte zum zweiten Mal mit dem Silberstäbchen an den Block, und dann krähte der goldene Hahn alles wieder in den Block hinein. Wenn aber die dreizehnte Schüssel kam, aus welcher niemals gegessen wurde, lief eine große schwarze Katze der Schüssel nach, und beide blieben auf dem Block neben dem Hahn, bis der Alte sie forttrug. Er nahm die Schüssel in die Hand, die Katze in den Arm und den goldenen Hahn auf die Schulter und verschwand mit ihnen unter dem Block. Nicht nur Speis und Trank, selbst die Kleider kamen auf das Krähen des Hahns aus dem Block hervor.

Obwohl bei Tisch wenig und immer in einer fremden Sprache gesprochen wurde, welche Else nicht verstand, so wurde dafür desto mehr geredet und gesungen, wenn die Frau mit den andern in Zimmer und Garten weilte. Allmählich lernte Else auch die Sprache der Gefährtinnen auffassen.

Einst hatte Else die Kiisike gefragt, warum die dreizehnte Schüssel täglich auf den Tisch komme, da doch niemand daraus esse. Aber Kiisike konnte es ihr nicht erklären. Sie mußte es aber ihrer Mutter gesagt haben, denn nach einigen Tagen ließ diese Else zu sich rufen und sprach ernst zu ihr: »Beschwere dein Herz nicht mit unnützen Grübeleien, du möchtest wissen, warum wir niemals aus der dreizehnten Schüssel essen. Dies ist die Schüssel verborgenen Segens. Wir dürfen sie nicht anrühren, sonst würde es mit unserem glücklichen Leben zu Ende sein. Auch mit den Menschen würde es viel besser stehen, wenn sie nicht in ihrer Habsucht alle Gaben an sich rissen, ohne dem himmlischen Segensspender irgend etwas zum Danke zu lassen. Habsucht ist der Menschen größter Fehler.«

Die Jahre verstrichen wie im Flug. Else war zur blühenden Jungfrau herangewachsen und hatte vieles gelernt, womit sie in ihrem Dorfe ihr Leben lang nicht bekannt geworden wäre. Kiisike war aber immer noch dasselbe kleine Kind, wie an dem Tage, wo sie das erste Mal mit Else im Wald zusammengetroffen war. Die Frauen, welche bei der Herrin vom Hause lebten, mußten Kiisike und Else täglich einige Stunden im Lesen und Schreiben und in allerlei feinen Handarbeiten unterweisen. Else begriff alles gut, aber Kiisike hatte mehr Sinn für kindliche Spiele als für nützliche Beschäftigung. Manchmal sprach sie zu Else: »Schade, daß du so groß geworden bist. Du kannst jetzt nicht mehr mit mir spielen.«

Als jetzt neun Jahre in dieser Weise verstrichen waren, ließ die Herrin Else eines Abends in ihr Schlafzimmer rufen. Else wunderte sich darüber, denn um diese Zeit hatte die Herrin sie noch niemals zu sich kommen lassen. Als sie über die Schwelle trat, sah sie, daß die Augen der Herrin voll Tränen standen, welche sie rasch trocknete.

»Liebes Pflegekind«, begann die Frau, »die Zeit ist gekommen, wo wir scheiden müssen.«

»Scheiden«, rief Else und warf sich schluchzend der Frau zu Füßen. »Nein, liebe Pflegemutter, das kann nimmermehr geschehen, bis uns einst der Tod trennt. Ihr habt mich einmal gnädig aufgenommen, darum verstoßt mich nicht wieder.«

Die Frau sagte beschwichtigend: »Kind, sei ruhig, du

weißt nicht, was ich für dein Glück tun will. Du bist herangewachsen, und ich darf dich hier nicht länger halten. Du mußt wieder unter Menschen gehen, wo ein Glück deiner wartet.«

Else aber bat flehentlich: »Verstoßt mich nicht, ich sehne mich nach keinem andern Glück, als bei Euch zu leben und zu sterben. Macht mich zur Stubenmagd, aber schickt mich nicht fort in die weite Welt.«

»Still, liebes Kind«, sprach die Frau, »du begreifst nicht, was ich zu deinem Glücke zu tun verpflichtet bin. Alles muß so sein. Du bist ein sterbliches Menschenkind. Deine Jahre nehmen zu ihrer Zeit ein Ende, und deshalb darfst du nicht länger hierbleiben. Ich und die mich umgeben haben wohl Menschengestalt, aber wir sind nicht Menschen wie ihr, sondern Geschöpfe höherer Art und euch unbegreiflich. Du wirst in der Ferne einen lieben Gemahl finden, der für dich geschaffen ist, und wirst glücklich mit ihm sein, bis eure Tage sich zum Ende neigen. Die Trennung von dir wird mir nicht leicht, aber es muß sein, und deshalb mußt du dich ruhig dareinfügen.«

Dann strich sie mit ihrem goldenen Kamm durch Elses Haar und hieß sie zu Bette gehen. Doch das Leben kam dieser vor wie ein dunkler sternenloser Nachthimmel.

Indessen war im Dorf das Leben weitergegangen. Die Stiefmutter quälte das Lehmbild Tag und Nacht, aber dem starren Geschöpf, dessen Körper keinen Schmerz empfand, schadete es nicht. Eines Tages hatte die Stiefmutter ihre Lehmtochter wieder fürchterlich geschlagen und drohte ihr dann, sie umzubringen. Wütend packte sie das Lehmbild mit beiden Händen an der Kehle, um es zu erwürgen. Siehe, da fuhr eine schwarze Schlange zischend aus des Mädchens Mund und stach der Stiefmutter in die Zunge, so daß sie tot niederfiel, ohne einen Laut von sich zu geben. Als der Mann am Abend nach Hause kam, fand er die tote Frau am Boden liegen, die Tochter war nirgends

zu finden. Auf sein Geschrei kamen die Dorfbewohner herbei. Die Nachbarn hatten wohl am Mittag einen großen Lärm im Hause gehört, aber niemand war hingegangen. Nachmittags war alles stillgeblieben, aber niemand hatte die Tochter erblickt. Der Mann ging in seine Kammer; da fand er auf dem Tisch drei gesalzene Fische und einen Bissen Brot. Er verzehrte beides und legte sich zu Bett. Am andern Morgen wurde er tot auf dem Platze gefunden, wie zuvor seine Frau. Nach einigen Tagen wurden beide in ein Grab gelegt. Von der verschwundenen Tochter erfuhren die Bauern nichts weiter.
Aus Kummer über den Abschied hatte Else die ganze Nacht kein Auge zugetan. Am Morgen steckte ihr die Herrin einen goldenen Siegelring an den Finger und hing ihr ein goldenes Medaillon an einem seidenen Band um den Hals, rief dann den Alten, zeigte mit der Hand auf Else und nahm darauf mit betrübter Miene von ihr Abschied. Eben wollte Else danken, als der Alte dreimal mit seinem Silberstäbchen sanft ihren Kopf berührte. Else fühlte alsbald, daß sie zum Vogel geworden war. Sie hob sich plötzlich in die Luft und schwebte als Adler unter den Wolken dahin. So war sie schon mehrere Tage gen Süden geflogen und hatte wohl zuweilen gerastet, wenn die Flügel ermatteten, aber Hunger hatte sie nicht gefühlt. Da geschah es, daß sie eines Tages über einem niederen Walde schwebte, und mit einem Male fühlte sie, wie ihr Gefieder von einem scharfen Pfeil durchbohrt wurde. Sie fiel zu Boden und wurde ohnmächtig.
Als Else aus ihrer Ohnmacht erwachte, fand sie sich in menschlicher Gestalt unter einem Gebüsch. Wie sie dahingekommen und was ihr sonst Seltsames begegnet war, lag wie ein Traum hinter ihr.
Da kam ein schöner junger Königssohn dahergeritten, sprang vom Pferd und bot Else freundlich die Hand, indem er sprach:

»Zur glücklichen Stunde bin ich heute morgen ausgeritten. Von Euch träumte mir ein halbes Jahr lang jede Nacht. Daß ich Euch hier im Walde finden würde, obschon ich den Weg wohl hundertmal umsonst gemacht hatte, ließ doch meine Sehnsucht und meine Hoffnung nicht nach. Heute schoß ich einen großen Adler, der hierhergefallen sein mußte. Ich ging der erlegten Beute nach und fand statt des Adlers Euch.«

Dann half er Else aufs Pferd und ritt mit ihr zur Stadt, wo der alte König sie freudig empfing. Einige Tage später ward eine prachtvolle Hochzeit gefeiert.

Am Morgen des Hochzeitstages aber waren fünfzig Fuder mit Kostbarkeiten angekommen, welche die Pflegemutter Else geschickt hatte. Nach des alten Königs Tod wurde Else Königin und hat dann im Alter die Erlebnisse ihrer Jugend selbst erzählt. Aber vom Tontlawald hat man seitdem nichts mehr gesehen noch gehört.

[Märchen aus Estland]

Beim Holunderbaum

****

An einem heißen Wochentag nachmittags sind einmal drei bäuerliche Weiber unter einem Holunderbaum gesessen und haben Leute ausgerichtet. Da sagte die erste von den Weibern:

»Es ist eine regelrechte Schweinerei, wie es auf der Alm oben zugeht. Da wird getrunken und gefressen, der Lustbarkeit nachgegangen und getanzt, und wenn es Nacht wird, steigen sie auf das Heu hinauf, um dort herumzuspringen. Kein Wunder, daß der Teufel selbst einmal gekommen ist und mit seinem Bockfuß nimmer abgehen wollte.«

Die anderen zwei Weiber gaben der ersten recht, und dann ist es mäuschenstill geworden. Es hatte den Anschein, als wollten alle drei Frauen ein wenig nachdenken. Wie es da so schön still ist, fährt ein zarter Wind durch den Holunderbaum, und eine Katze, die auf einem Ast oben saß, hat angefangen zu reden:

»Weib, sei nur still. Als du jung gewesen bist, bist du auch auf die Alm hinauf gestiegen und hast getanzt, getrunken und Lärm gemacht. Und nun, da du alt wirst, möchtest du nichts mehr wissen und nur noch über die Jungen losziehen.«

Eine von den Frauen hat genau verstanden, was die Katze auf dem Holunderbaum gesagt hat. Den anderen beiden hingegen kam es nur vor, als wäre ein leichter Wind durch den Baum gezogen. Es geht eine kleine Zeitspanne um, da fängt das zweite Weib an zu reden:

»Im Grunde ist es eine Viecherei, wie es die Leute heutzutage treiben. Am Markt habe ich eine gesehen, die hat faule Kastanien unter die guten gegeben, und zwischen den frischen Eiern hat sie alte darunter gehabt. Das hätte es in meiner Jugend nicht gegeben, das wäre uns zu schlecht gewesen. Und wenn die Sache aufkäme, ich möchte einmal diese Schande nicht auf mir lasten lassen.«

Die anderen zwei gaben ihr recht, alle drei begannen über die falschen Weiber von heutzutage loszuziehen, und dann ist es wieder still geworden. Da kommt wieder ein zarter Wind, und die Katze auf dem Holunderbaum fängt wieder an zu reden:

»Sei doch nicht so falsch, Weib, und gib dich nicht besser, als du bist. Faule Kastanien hast du auch schon unter die guten getan, und die Eier, die du als frisch hergegeben hast, sind auch nicht immer die besten gewesen. Schaue lieber auf dich selber und laß andere Leute in Ruh!«

Diesmal ist es dann die zweite von den Frauen gewesen, die diese Stimme verstanden hat. Dagegen ist den anderen bloß vorgekommen, als striche ein zarter Wind durch den Holunderbaum.

Es geht wieder eine Zeitspanne um, da fangen die Frauen wieder an zu erzählen. Und diesmal ist es die dritte gewesen, die recht bös über eine junge Nachbarin losgezogen hat:

»Es ist ein regelrechter Graus, was sich einige junge Bäuerinnen heutzutage erlauben. Mit einer Seelenruhe befehlen sie den Mägden, nach dem Feierabend noch einmal zu arbeiten anzufangen. Außerdem: die Milch wird nur mehr abgetrieben (entrahmt) auf den Tisch gestellt, und in den Wein für die Nachmittagspause geben sie die Hälfte Wasser hinein. Schämen täte ich mich, und zu schlecht wären mir derlei Dinge sowieso.«

Da sie fertig geschimpft hat, kommt wieder ein zarter Wind durch den Holunderbaum gefahren, und das Kätzlein auf dem Ast oben fängt wiederum an zu reden:

»Schäm dich, Weib, nur immer über die Nachbarinnen so loszuziehen und selbst um kein Haar besser zu sein. Ihr alle macht die Mägde nach dem Feierabend noch einmal arbeiten, das ist schon längst bekannt. Auch ihr stellt alle nur entrahmte Milch auf den Tisch, und was das Wasser in dem Haustrunk anbelangt, da könnt ihr euch alle die Hand geben. Es wäre gut, du selbst würdest dich bessern, Bäuerin, und dann erst über andere Leute herfallen.«
Die dritte von den Weibern hat genau verstanden, was die Katze gesagt hat; den anderen beiden ist es aber wiederum bloß vorgekommen, als zöge ein zarter Wind durch den Holunderbaum.
Da die Sonne über dem Joch steht und bald untergehen will, fällt den Weibern mit einemmal ein, es wäre gut, heimzugehen und zu kochen, da eben mit der Zeit die Männer aus dem Wald heimkommen würden. Und dann wäre es allerdings gefehlt, wenn nichts gerichtet wäre.
»Kommt, gehen wir«, sagen sie alle drei zugleich, »und tun wir nicht wie die anderen Weiber im Dorf, die nicht gerne daheim sind und immer auswärts tratschen.«
Da fährt wieder ein zartes Windchen durch den Holunderbaum, und das Kätzchen fängt wieder an zu reden: »Schämt euch, Weiber, so schlecht zu sein. Nur ihr wollt den halben Tag mit Tratschen totschlagen. Die anderen Frauen im Dorf sind alle besser.«
Diesmal haben alle drei Frauen verstanden, was die Katze gesagt hatte. Aber sie taten, als wäre nichts geschehen. Und so standen sie auf und taten, als wollten sie gehen. Da sagte die erste zu den anderen:
»Morgen käme ich lieber nicht mehr daher unter den Holunderbaum. Es ist so warm da, und er macht nur ganz wenig Schatten.«
Damit war die zweite einverstanden und sie sagte:
»Mir ist auch lieber, wir kommen morgen drüben beim Kirschbaum zusammen. Da unter dem Holunderbaum

zieht immer ein Lüftchen, und mir tut der viele Luftzug nicht gut.«
Und die dritte ist dann auch einverstanden und meint: »Die Alten haben immer gesagt, unter Holunderbäumen solle man überhaupt nicht sitzen. Auf den Holunderbäumen säßen gerne die Hexen. Und diese tragen gerne weiter, was sie hören.«
Und damit sind die Weiber auch wirklich fortgegangen, also doch endlich heimzu. Keine aber hat der anderen gesagt, was sie vom Kätzchen vernommen hatte. Und so haben sie alle drei geglaubt, sie wären die besten Frauen im Dorf. Ihre eigenen Fehler haben sie doch nicht erkannt, und von den anderen haben sie sie eben nicht gehört. Unter dem Holunderbaum wollten sie allerdings nicht mehr zusammenkommen. Weißt du, da hatten sie doch Angst, das Kätzchen könnte noch mehr wissen und es verraten.

[Sage aus Südtirol]

Die Gänsehirtin am Brunnen

Es war einmal ein steinaltes Mütterchen, das lebte mit seiner Schar Gänse in einer Einöde zwischen Bergen und hatte da ein kleines Haus. Die Einöde war von einem großen Wald umgeben, und jeden Morgen nahm die Alte ihre Krücke und wackelte in den Wald. Da war aber das Mütterchen ganz geschäftig, mehr als man ihm bei seinen hohen Jahren zugetraut hätte, sammelte Gras für seine Gänse, brach sich das wilde Obst ab, so weit es mit den Händen reichen konnte, und trug alles auf seinem Rücken heim. Man hätte meinen sollen, die schwere Last müßte es zu Boden drücken, aber sie brachte sie immer glücklich nach Haus. Wenn ihr jemand begegnete, so grüßte sie ganz freundlich: »Guten Tag, lieber Landsmann, heute ist schönes Wetter. Ja, Ihr wundert Euch, daß ich das Gras schleppe, aber jeder muß seine Last auf den Rücken nehmen.«
Doch die Leute begegneten ihr nicht gerne und nahmen lieber einen Umweg. Wenn ein Vater mit seinem Knaben an ihr vorüberging, so sprach er leise zu ihm: »Nimm dich in acht vor der Alten, die hat's faustdick hinter den Ohren, sie ist eine Hexe.«
Eines Morgens ging ein hübscher junger Mann durch den Wald. Die Sonne schien hell, die Vögel sangen, und ein kühles Lüftchen strich durch das Laub, und er war voller Freude und Lust. Noch war ihm kein Mensch begegnet, als er plötzlich die alte Hexe erblickte, die am Boden auf den Knien hockte und Gras mit einer Sichel abschnitt. Eine ganze Last hatte sie schon in ihr Tragtuch geschoben,

und daneben standen zwei Körbe, die mit wilden Birnen und Äpfeln angefüllt waren.
»Aber Mütterchen«, sprach er, »wie kannst du das alles fortschaffen?«
»Ich muß sie tragen, lieber Herr«, antwortete sie, »reicher Leute Kinder brauchen es nicht. Aber beim Bauer heißt's

schau dich nicht um,
dein Buckel ist krumm.

Wollt Ihr mir helfen?« sprach sie, als er bei ihr stehenblieb. »Ihr habt noch einen geraden Rücken und junge Beine, es wird Euch ein leichtes sein. Auch ist mein Haus nicht so weit von hier: hinter dem Berge, dort steht es auf einer Heide. Wie bald seid Ihr da hinaufgesprungen!«
Der junge Mann empfand Mitleid mit der Alten.
»Zwar ist mein Vater kein Bauer«, antwortete er, »sondern ein reicher Graf, aber damit Ihr seht, daß die Bauern nicht allein tragen können, so will ich Euer Bündel aufnehmen.«
»Wollt Ihr's versuchen, so soll mir's lieb sein«, sprach sie. »Eine Stunde weit werdet Ihr freilich gehen müssen, aber was macht Euch das aus! Dort die Äpfel und Birnen müßt Ihr auch tragen.«
Es kam dem jungen Grafen doch ein wenig bedenklich vor, als er von einer Stunde Wegs hörte, aber die Alte ließ ihn nicht wieder los, packte ihm das Tragetuch auf den Rücken und hing ihm die beiden Körbe an den Arm.
»Seht Ihr, es geht ganz leicht«, sagte sie.
»Nein, es geht nicht leicht«, antwortete der Graf und machte ein schmerzliches Gesicht, »das Bündel drückt ja so schwer, als wären lauter Wackersteine darin, und die Äpfel und Birnen haben ein Gewicht, als wären sie von Blei, ich kann kaum atmen.«
Er hatte Lust, alles wieder abzulegen, aber die Alte ließ es nicht zu.
»Seht einmal«, sprach sie spöttisch, »der junge Herr will

nicht tragen, was ich alte Frau schon so oft fortgeschleppt habe. Mit schönen Worten sind sie bei der Hand, aber wenn's ernst wird, so wollen sie sich aus dem Staub machen. Was steht Ihr da«, fuhr sie fort, »und zaudert, hebt die Beine auf. Es nimmt Euch niemand das Bündel wieder ab.«

Solange er auf ebener Erde ging, war's noch auszuhalten, aber als sie an den Berg kamen und steigen mußten und die Steine hinter seinen Füßen hinabrollten, als wären sie lebendig, da ging's über seine Kräfte. Die Schweißtropfen standen ihm auf der Stirne und liefen ihm bald heiß, bald kalt über den Rücken hinab.

»Mütterchen«, sagte er, »ich kann nicht weiter, ich will ein wenig ruhen.«

»Nichts da«, antwortete die Alte, »wenn wir angelangt sind, so könnt Ihr ausruhen, aber jetzt müßt Ihr vorwärts. Wer weiß, wozu Euch das gut ist.«

»Alte, du wirst unverschämt«, sagte der Graf und wollte das Tragtuch abwerfen, aber er bemühte sich vergeblich: es hing so fest an seinem Rücken, als wenn es angewachsen wäre. Er drehte sich und wendete sich, aber er konnte es nicht wieder loswerden. Die Alte lachte dazu und sprang ganz vergnügt auf ihrer Krücke herum.

»Erzürnt Euch nicht, lieber Herr«, sprach sie, »Ihr werdet ja so rot im Gesicht wie ein Zinshahn. Tragt Euer Bündel mit Geduld, wenn wir zu Hause angelangt sind, so will ich Euch schon ein gutes Trinkgeld geben.«

Was wollte er machen? Er mußte sich in sein Schicksal fügen und geduldig hinter der Alten herschleichen. Sie schien immer flinker zu werden und ihm seine Last immer schwerer. Auf einmal tat sie einen Satz, sprang auf das Tragtuch und setzte sich oben darauf; wie zaundürre sie war, so hatte sie doch mehr Gewicht als die dickste Bauerndirne. Dem Jüngling zitterten die Knie, aber wenn er nicht weiterging, so schlug ihn die Alte mit einer Gerte und mit Brennesseln an die Beine. Unter beständigem Ächzen stieg er den Berg hinauf und langte endlich bei dem Hause der Alten an, als er eben niedersinken wollte. Als die Gänse die Alte erblickten, streckten sie ihre Flügel in die Höhe und die Hälse voraus, liefen ihr entgegen und zischten ihr »wulle, wulle«. Hinter der Schar, mit einer Rute in der Hand, ging eine bejahrte Trulle, stark und groß, aber häßlich wie die Nacht.

»Frau Mutter«, sprach sie zu der Alten, »ist Euch etwas begegnet? Ihr seid so lange ausgeblieben.«

»Bewahre, mein Töchterchen«, erwiderte die Alte, »mir ist nichts Böses begegnet, im Gegenteil, der liebe Herr da hat mir meine Last getragen; denk dir, als ich müde war, hat er mich selber noch auf den Rücken genommen. Der Weg ist uns auch gar nicht lang geworden, wir sind lustig gewesen und haben immer Spaß miteinander gemacht.«

Endlich rutschte sie herab, nahm dem jungen Mann die Körbe vom Arm, sah ihn ganz freundlich an und sprach: »Nun setzt Euch auf die Bank vor die Türe und ruht Euch aus. Ihr habt Euern Lohn redlich verdient, der soll nicht ausbleiben.«

Dann sprach sie zu der Gänsehirtin: »Geh du ins Haus hinein, mein Töchterchen, es schickt sich nicht, daß du mit einem jungen Herrn allein bist, man muß nicht Öl ins Feuer gießen; er könnte sich in dich verlieben.«

Der Graf wußte nicht, ob er lachen oder weinen sollte. »Solch ein Schätzchen«, dachte er, »und wenn es dreißig Jahre jünger wäre, könnte doch mein Herz nicht rühren.« Indessen streichelte und hätschelte die Alte ihre Gänse wie Kinder und ging dann mit ihrer Tochter in das Haus. Der Jüngling streckte sich auf die Bank unter einem wilden Apfelbaum. Die Luft war lau und mild: ringsumher breitete sich eine grüne Wiese aus, die mit Himmelsschlüsseln, wildem Thymian und tausend andern Blumen übersät war; mittendurch rauschte ein klarer Bach, auf dem die

Sonne glitzerte, und die weißen Gänse gingen auf und ab spazieren oder pudelten sich im Wasser.
»Es ist recht lieblich hier«, sagte er, »aber ich bin so müde, daß ich die Augen nicht aufbehalten mag, ich will ein wenig schlafen; wenn nur kein Windstoß kommt und bläst mir meine Beine vom Leib weg, denn sie sind mürb wie Zunder.«
Als er ein Weilchen geschlafen hatte, kam die Alte und schüttelte ihn.
»Steh auf«, sagte sie, »hier kannst du nicht bleiben. Freilich habe ich dir's sauer genug gemacht, aber das Leben hat's doch nicht gekostet. Jetzt will ich dir deinen Lohn geben, Geld und Gut brauchst du nicht, da hast du etwas anderes.«
Damit steckte sie ihm ein Büchslein in die Hand, das aus einem einzigen Smaragd geschnitten war.
»Bewahre es wohl«, setzte sie hinzu, »es wird dir Glück bringen.«
Der Graf stand auf, und da fühlte er, daß er ganz frisch und wieder bei Kräften war, so dankte er der Alten für ihr Geschenk und machte sich auf den Weg, ohne sich nach dem schönen Töchterchen auch nur einmal umzugucken. Als er schon eine Strecke weg war, hörte er noch aus der Ferne das lustige Geschrei der Gänse.
Der Graf mußte drei Tage in der Wildnis herumirren, ehe er herausfinden konnte. Da kam er in eine große Stadt, und weil ihn niemand kannte, ward er in das königliche Schloß geführt, wo der König und die Königin auf dem Thron saßen. Der Graf ließ sich auf die Knie nieder, zog das smaragdene Gefäß aus der Tasche und legte es der Königin zu Füßen. Sie hieß ihn aufstehen, und er mußte ihr das Büchslein hinaufreichen. Kaum aber hatte sie es geöffnet und hineingeblickt, so fiel sie wie tot zur Erde. Der Graf ward von den Dienern des Königs festgehalten und sollte in das Gefängnis geführt werden, da schlug die Kö-

nigin die Augen auf und rief, sie sollten ihn freilassen, und jedermann sollte hinausgehen, sie wollte insgeheim mit ihm reden.
Als die Königin allein war, fing sie bitterlich an zu weinen und sprach: »Was hilft mir Glanz und Ehre, die mich umgeben, jeden Morgen erwache ich mit Sorgen und Kummer. Ich habe drei Töchter gehabt, davon war die jüngste so schön, daß sie alle Welt für ein Wunder hielt. Sie war so weiß wie Schnee, so rot wie Apfelblüten und ihr Haar so glänzend wie Sonnenstrahlen. Wenn sie weinte, so fielen nicht Tränen aus ihren Augen, sondern lauter Perlen und Edelsteine. Als sie fünfzehn Jahre alt war, da ließ der König alle drei Schwestern vor seinen Thron kommen. Da hättet Ihr sehen sollen, was die Leute für Augen machten, als die jüngste eintrat, es war, als wenn die Sonne aufginge. Der König sprach: ›Meine Töchter, ich weiß nicht, wann mein letzter Tag kommt, ich will heute bestimmen, was eine jede nach meinem Tode erhalten soll. Ihr alle habt mich lieb, aber welche mich von euch am liebsten hat, die soll das Beste haben.‹ Jede sagte, sie hätte ihn am liebsten.
›Könnt ihr mir's nicht ausdrücken‹, erwiderte der König, ›wie lieb ihr mich habt? Daran werde ich's sehen, wie ihr's meint.‹ Die älteste sprach: ›Ich habe den Vater so lieb wie den süßesten Zucker.‹ Die zweite: ›Ich habe den Vater so lieb wie mein schönstes Kleid.‹ Die jüngste aber schwieg. Da fragte der Vater: ›Und du, mein liebstes Kind, wie lieb hast du mich?‹
›Ich weiß es nicht‹, sagte sie, ›und kann meine Liebe mit nichts vergleichen.‹
Aber der Vater bestand darauf, sie müßte etwas nennen. Da sagte sie endlich: ›Die beste Speise schmeckt mir nicht ohne Salz, darum habe ich den Vater so lieb wie Salz.‹
Als der König das hörte, geriet er in Zorn und sprach: ›Wenn du mich so liebst wie Salz, so soll deine Liebe auch mit Salz belohnt werden.‹

Da teilte er das Reich zwischen den beiden ältesten, der jüngsten aber ließ er einen Sack mit Salz auf den Rücken binden, und zwei Knechte mußten sie hinaus in den wilden Wald führen. Wir haben alle für sie gefleht und gebeten«, sagte die Königin, »aber der Zorn des Königs war nicht zu erweichen. Wie hat sie geweint, als sie uns verlassen mußte! Der ganze Weg ist mit Perlen besät worden, die ihr aus den Augen geflossen sind. Den König hat bald hernach seine große Härte gereut, und er hat das arme Kind in dem ganzen Wald suchen lassen, aber niemand konnte sie finden. Wenn ich denke, daß sie die wilden Tiere gefressen haben, so weiß ich mich vor Traurigkeit nicht zu fassen; manchmal tröste ich mich mit der Hoffnung, sie sei noch am Leben und habe sich in einer Höhle versteckt oder bei mitleidigen Menschen Schutz gefunden. Aber stellt Euch vor, als ich Euer Smaragdbüchslein aufmachte, so lag eine Perle darin, gerade die Art, wie sie meiner Tochter aus den Augen geflossen sind, und da könnt Ihr Euch vorstellen, wie mir der Anblick das Herz bewegt hat. Ihr sollt mir sagen, wie Ihr zu der Perle gekommen seid.«

Der Graf erzählte ihr, daß er sie von der Alten im Wald erhalten hätte, die ihm nicht geheuer vorgekommen wäre und eine Hexe sein müßte; von ihrem Kinde aber hätte er nichts gehört und gesehen. Der König und die Königin faßten den Entschluß, die Alte aufzusuchen; sie dachten, wo die Perle gewesen sei, da müßten sie auch Nachricht von der Tochter finden.

Die Alte saß draußen in der Einöde bei ihrem Spinnrad und spann. Es war schon dunkel geworden, und ein Span, der unten am Herd brannte, gab ein sparsames Licht. Auf einmal ward's draußen laut, die Gänse kamen heim von der Weide und ließen ihr heiseres Gekreisch hören. Bald hernach trat auch die Tochter herein. Aber die Alte dankte ihr kaum und schüttelte nur ein wenig den Kopf. Die Tochter setzte sich nieder, nahm ihr Spinnrad und drehte den Faden so flink wie ein junges Mädchen. So saßen beide zwei Stunden und sprachen kein Wort miteinander. Endlich raschelte etwas am Fenster, und zwei feurige Augen glotzten herein. Es war eine alte Nachteule, die dreimal »uhu« schrie. Die Alte schaute nur ein wenig in die Höhe, dann sprach sie: »Jetzt ist's Zeit, mein Töchterchen, daß du hinausgehst, tu deine Arbeit.«

Sie stand auf und ging hinaus. Wo ist sie denn hingegangen? Über die Wiesen immer weiter bis in das Tal. Endlich stand sie an einem Brunnen, bei dem drei alte Eichbäume wuchsen. Der Mond war indessen rund und groß über dem Berg aufgestiegen, und es war so hell, daß man eine Stecknadel hätte finden können. Sie zog eine Haut ab, die auf ihrem Gesicht lag, bückte sich dann zu dem Brunnen und fing an, sich zu waschen. Als sie fertig war, tauchte sie auch die Haut in das Wasser und legte sie dann auf die Wiese, damit sie wieder im Mondschein bleichen und trocknen sollte. Aber wie war das Mädchen verwandelt! So was habt ihr nie gesehen! Als der graue Zopf abfiel, da quollen die goldenen Haare wie Sonnenstrahlen hervor und breiteten sich, als wär's ein Mantel, über ihre ganze Gestalt. Nur die Augen blitzten heraus, so glänzend wie die Sterne am Himmel, und die Wangen schimmerten in sanfter Röte wie die Apfelblüte.

Aber das schöne Mädchen war traurig. Es setzte sich nieder und weinte bitterlich. Eine Träne nach der andern drang aus seinen Augen und rollte zwischen den langen Haaren auf den Boden. Da saß es da und wäre lange sitzen geblieben, wenn es nicht in den Ästen des nahe stehenden Baumes geknistert und gerauscht hätte. Es sprang auf wie ein Reh, das den Schuß des Jägers vernimmt. Der Mond ward gerade von einer schwarzen Wolke bedeckt, und im Augenblick war das Mädchen wieder in die Haut geschlüpft und verschwand wie ein Licht, das der Wind ausbläst.

Zitternd wie Espenlaub lief es zu dem Haus zurück. Die

Alte stand vor der Türe, und das Mädchen wollte ihr erzählen, was ihm begegnet war, aber die Alte lachte freundlich und sagte: »Ich weiß schon alles.«
Sie führte es in die Stube und zündete einen neuen Span an. Aber sie setzte sich nicht wieder zu dem Spinnrad, sondern sie holte einen Besen und fing an zu kehren und zu scheuern. »Es muß alles rein und sauber sein«, sagte sie zu dem Mädchen.
»Aber, Mutter«, sprach das Mädchen, »warum fangt Ihr in so später Stunde die Arbeit an? Was habt Ihr vor?«
»Weißt du nicht, welche Stunde es ist?« fragte die Alte.
»Noch nicht Mitternacht«, antwortete das Mädchen, »aber schon elf Uhr vorbei.«
»Denkst du nicht daran«, fuhr die Alte fort, »daß du heute vor drei Jahren zu mir gekommen bist? Deine Zeit ist aus, wir können nicht länger beisammensein.«
Das Mädchen erschrak und sagte: »Ach, liebe Mutter, wollt Ihr mich verstoßen? Wo soll ich hin? Ich habe keine Heimat, ich kenne niemanden, ich weiß nicht, wohin ich mich wenden kann. Ich habe alles getan, was Ihr verlangt habt, und Ihr seid immer zufrieden mit mir gewesen. Schickt mich nicht fort!«
Die Alte wollte dem Mädchen nicht sagen, was ihm bevorstand.
»Meines Bleibens ist nicht länger hier«, sprach sie zu ihm, »wenn ich aber ausziehe, muß Haus und Stube sauber sein, darum halt mich nicht auf in meiner Arbeit. Deinetwegen sei ohne Sorgen, du sollst ein Dach finden, unter dem du wohnen kannst, und mit dem Lohn, den ich dir geben will, wirst du auch zufrieden sein.«
»Aber sagt mir nur, was ist vor?« fragte das Mädchen weiter.
»Ich sage dir nochmals, störe mich nicht in meiner Arbeit. Rede kein Wort weiter, geh in deine Kammer, nimm die Haut vom Gesicht und zieh das seidene Kleid an, das du

trugst, als du zu mir kamst, und dann harre in deiner Kammer, bis ich dich rufe.«

Aber ich muß wieder von dem König und der Königin erzählen, die mit dem Grafen ausgezogen waren und die Alte in der Einöde aufsuchen wollten. Der Graf war nachts in dem Walde von ihnen abgekommen und mußte allein weitergehen. Am andern Tag kam es ihm vor, als befände er sich auf dem rechten Weg. Er ging immerfort, bis die Dunkelheit einbrach, da stieg er auf einen Baum und wollte da übernachten, denn er war besorgt, er möchte sich verirren. Als der Mond die Gegend erhellte, erblickte er eine Gestalt, die den Berg herabwandelte. Sie hatte keine Rute in der Hand, aber er konnte doch sehen, daß es die Gänsehirtin war, die er früher bei dem Haus der Alten gesehen hatte.

»Oho!« rief er. »Da kommt sie, und habe ich erst die eine Hexe, so soll mir die andere auch nicht entgehen.«

Wie erstaunte er aber, als sie zu dem Brunnen trat, die Haut ablegte und sich wusch, als die goldenen Haare über sie herabfielen und sie so schön war, wie er noch niemand auf der Welt gesehen hatte. Kaum daß er zu atmen wagte, aber er streckte den Hals zwischen dem Laub so weit vor, als er nur konnte, und schaute sie mit unverwandten Blikken an. Ob er sich zu weit überbog, oder was sonst schuld war, plötzlich krachte der Ast, und in demselben Augenblick schlüpfte das Mädchen in die Haut, sprang wie ein Reh davon, und da der Mond sich zugleich bedeckte, so war sie seinen Blicken entzogen.

Kaum war sie entschwunden, so stieg der Graf von dem Baum herab und eilte ihr mit behenden Schritten nach. Er war noch nicht lange gegangen, so sah er in der Dämmerung zwei Gestalten über die Wiese wandeln. Es war der König und die Königin, die hatten aus der Ferne das Licht in dem Häuschen der Alten erblickt und waren darauf zugegangen. Der Graf erzählte ihnen, was er für Wunder-

dinge bei dem Brunnen gesehen hatte, und sie zweifelten nicht, daß das ihre verlorene Tochter gewesen wäre. Voll Freude gingen sie weiter und kamen bald bei dem Häuschen an: die Gänse saßen ringsherum, hatten den Kopf unter die Flügel gesteckt und schliefen, und keine regte sich. Sie schauten zum Fenster hinein, da saß die Alte ganz still und spann, nickte mit dem Kopf und sah sich nicht um. Es war ganz sauber in der Stube, als wenn da die kleinen Nebelmännlein wohnten, die keinen Staub auf den Füßen tragen. Ihre Tochter aber sahen sie nicht. Sie schauten das alles eine Zeitlang an, endlich faßten sie sich ein Herz und klopften leise ans Fenster. Die Alte schien sie erwartet zu haben, sie stand auf und rief ganz freundlich: »Nur herein, ich kenne euch schon.«
Als sie in die Stube eingetreten waren, sprach die Alte: »Den weiten Weg hättet ihr euch sparen können, wenn ihr euer Kind, das so gut und liebreich ist, nicht vor drei Jahren ungerechterweise verstoßen hättet. Ihr hat's nicht geschadet, sie hat drei Jahre die Gänse hüten müssen, sie hat nichts Böses dabei gelernt, sondern ihr reines Herz behalten. Ihr aber seid durch die Angst, in der ihr gelebt habt, hinlänglich bestraft.«
Dann ging sie an die Kammer und rief: »Komm heraus, mein Töchterchen!«
Da ging die Türe auf, und die Königstochter trat heraus in ihrem seidenen Gewand mit ihren goldenen Haaren und ihren leuchtenden Augen, und es war, als ob ein Engel vom Himmel käme.
Sie ging auf ihren Vater und ihre Mutter zu, fiel ihnen um den Hals und küßte sie, es war nicht anders, sie mußten alle vor Freude weinen. Der junge Graf stand neben ihnen, und als sie ihn erblickte, ward sie so rot im Gesicht wie eine Moosrose; sie wußte selbst nicht, warum.
Der König sprach: »Liebes Kind, mein Königreich habe ich verschenkt, was soll ich dir geben?«

»Sie braucht nichts«, sagte die Alte, »ich schenke ihr die Tränen, die sie um euch geweint hat, das sind lauter Perlen, schöner, als sie im Meer gefunden werden, und sind mehr wert als euer ganzes Königreich. Und zum Lohn für ihre Dienste gebe ich ihr mein Häuschen.«
Als das die Alte gesagt hatte, verschwand sie vor ihren Augen. Es krachte in den Wänden, und als sie sich umsahen, war das Häuschen in einen prächtigen Palast verwandelt, und eine königliche Tafel war gedeckt, und die Bedienten liefen hin und her.
Die Geschichte geht noch weiter, aber meiner Großmutter, die sie mir erzählt hat, war das Gedächtnis schwach geworden, sie hatte das übrige vergessen. Ich glaubte immer, die schöne Königstochter ist mit dem Grafen vermählt worden, und sie sind zusammen in dem Schloß geblieben und haben da in aller Glückseligkeit gelebt, solange Gott wollte. Ob die schneeweißen Gänse, die bei dem Häuschen gehütet wurden, lauter Mädchen waren (es braucht's niemand übelzunehmen), welche die Alte zu sich genommen hatte, und ob sie jetzt ihre menschliche Gestalt wieder erhielten und als Dienerinnen bei der jungen Königin blieben, das weiß ich nicht genau, aber ich vermute es doch. Soviel ist gewiß, daß die Alte keine Hexe war, wie die Leute glaubten, sondern eine weise Frau, die es gut meinte. Wahrscheinlich ist sie es auch gewesen, die der Königstochter schon bei der Geburt die Gabe verliehen hat, Perlen zu weinen statt Tränen. Heutzutage kommt das nicht mehr vor, sonst könnten die Armen bald reich werden.

[Märchen der Brüder Grimm]

Nachwort

****

Das Bild der Hexe, wie wir es aus den bekanntesten Märchen kennen, ist sehr einseitig. Als Kinderschreck ist sie alt, häßlich und böse. Dabei ist diese Vorstellung, Relikt aus der spätmittelalterlichen Hexenverfolgung, nur ein Aspekt unter vielen.

Der Glaube an Hexen reicht weit in die vorchristliche Zeit, in die Antike, zurück. Ursprünglich war die Hexe eine Priesterin der großen Muttergottheit. Sie war ambivalent, d. h. sowohl helfend und heilend als auch bedrohend und vernichtend. In den Mythologien verschiedener Völker spielt die Hexe als große Magierin eine wichtige Rolle. Sie war zwar gefürchtet, genoß aber auf Grund ihres Wissens als Ratgeberin großes Ansehen. Man denke nur an *Medea,* die große mythische Hexe der Antike, oder an die Zauberin *Circe* bei *Homer.* Im Alten Testament geht *Saul* zur Hexe von *Endor,* um sich von ihr die Zukunft weissagen zu lassen. Der Gott *Odin* in der germanischen Mythologie reitet zur Seherin *Vala* und befragt sie über die Zukunft des Göttergeschlechts.

Bei dem römischen Dichter *Vergil* ist die Zauberin als zeitlose Figur aus dem Menschlichen herausgehoben, wie ihre 250 Jahre ältere Schwester bei *Theokrit,* die sich in Märchen des Mittelmeerraumes wiederfindet.

Die zauberkundigen Frauen standen in gewisser Weise über den Göttern und waren daher geachtet und gefürchtet zugleich. Während der gläubige Mensch im Gebet die Gunst der Götter zu gewinnen trachtet, zwingt die Magierin durch ihre Zauberformeln die Götter zum Gehorsam.

Sie kennt die Gesetze, denen die Götter sich unweigerlich beugen müssen. Die Magierin ist daher eine geistige Schwester des *Prometheus* in ihrem Bestreben, es den Göttern gleichzutun.
Der Glaube an die magischen Kräfte der Frauen ist uralt und führt bis in matriarchale Zeiten zurück. Wie stark dieser Glaube war, ist daran zu erkennen, daß selbst noch später die Krieger in der Schlacht ein Stück des Gewandes ihrer Frau oder Geliebten bei sich trugen, um sich dadurch gegen alle Gefahren gefeit zu fühlen.
In den Orakelstätten der Antike weissagten Frauen. Seherische und prophetische Gaben wurden in erster Linie dem weiblichen Geschlecht zugesprochen. Den sibyllinischen Wahrsagungen wurde die ganze Antike hindurch bis ins Hochmittelalter hinein Glauben geschenkt.

Bei den Germanen gab es ebenfalls in die Zukunft blikkende, ratgebende Seherinnen. Sie, die Walküren und Göttinnen, lebten später im Volksglauben als Hexengestalten fort. Auch sie sind ambivalent zu sehen. So erscheinen sie einerseits als lichthaarige, funkeläugige Jungfrauen, die dem Helden beim Einzug in Walhall den Minnetrunk reichen; andererseits wird in den Heldenliedern aber auch das grausame Bild einer unterirdischen Kammer beschrieben, in der zwölf Walküren damit beschäftigt sind, ein blutiges Gewebe zu wirken. Sie singen dabei:

> Webet, webet
> Gewebe des Speergotts,
> geflochten ist es aus Fechterdärmen
> und stark gestrafft mit Streiterschädeln.
> Kampfspeere sind die Querspangen,
> der Webebaum Stahl,
> das Stäbchen ein Pfeil,
> mit Schwertern schlägt man Schlachtgewebe.

Am Ende ihrer furchterregenden Arbeit zerreißen sie ihr Gewirktes, und mit den Fetzen, die jede in der Hand hält, fliegen sie davon, sechs nach Norden, sechs nach Süden. Der Flug der Walküren durch die Lüfte, einmal in lichter Schwanengestalt, dann wieder in Gestalt des Unglück bringenden schwarzen Raben, wurde auf die Hexen übertragen, die man sich meist durch die Lüfte reitend vorstellte. Die Göttin *Freya* besaß ein magisches Federkleid. Wie tief das Bild dieser göttlichen Gestalten im Unterbewußtsein der Menschen verankert war, zeigt, daß bei vielen Hexenprozessen die Rede von nächtlichen Ritten ist, bei welchen die Anführerinnen Namen heidnischer Göttinnen tragen, wie *Holda, Diana, Venus* (= Freya) und *Herodias.*
Schon in den Beschlüssen des Konzils von Ancyra in der Mitte des fünften Jahrhunderts wird von »Weibern« gesprochen, »welche sich einbilden, des Nachts wie Diana und Herodias auf allerlei Tieren in der Luft umherzureiten«. Außerdem würden sie allerlei dämonische Zaubereien bei Brunnen, Bäumen und Steinen betreiben, wobei sie die Tiere der heidnischen Gottheiten als Helfer mit sich führten. Diese Tiere wurden später den Hexen zugeordnet. Es handelte sich vor allem um die Eule, den Raben und die Katze. So lautet das italienische Wort für Hexe *stregha,* das vom lateinischen *strix* (= Eule) abstammt. Alle diese Tiere sind nachtaktiv; die weiblichen Gottheiten standen im Zeichen des Mondes und damit auch der Nacht. In vielen Märchen sind diese Zusammenhänge noch sichtbar.

Zu den wichtigsten Hexenattributen gehört die Heilkunde. Sie hat ihre Wurzeln bei den Priesterinnen und den geheimnisvollen Seherinnen der Germanen. Vom römischen Geschichtsschreiber Tacitus wissen wir, daß sie nicht nur in Lebens- und Zukunftsfragen Rat wußten,

sondern auch in medizinischen Dingen bewandert waren. Die Priesterin war gleichzeitig Ärztin. Sie begleitete die Männer in den Kampf, pflegte und heilte die Verwundeten.
Bis zum 15. Jahrhundert war die Medizin fast ausschließlich eine weibliche Domäne. Es waren die Frauen, die die Heilkräuter und deren richtige Anwendung kannten, die bei der Geburt eines Kindes beistanden, aber auch über Abtreibung und Empfängnisverhütung Bescheid wußten. Wie die großen Muttergottheiten, denen sie dienten, waren die Frauen Herrinnen über Leben und Tod. Im Glauben und in der Phantasie des Volkes lebte auch nach der Christianisierung die Furcht vor den magischen Kräften der Frau, aber auch das Vertrauen in das Wissen um die Heilkraft und die richtige Anwendung von Zaubersprüchen und Beschwörungsformeln weiter.
Das Wissen um die Kräfte und das Wirken der Natur sind zutiefst weibliche Eigenschaften. Wachstums- und Fruchtbarkeitsrituale lagen in den Händen der Frauen. Diese wurden später zu Kräuterhexen degradiert. Noch *Paracelsus* hatte sich als Arzt auf das Wissen der heilkundigen, weisen Frauen gestützt.
In einer bayerischen Chronik aus dem Jahre 1477 heißt es im Kapitel über die »Kriegsweiber«: »Ihre Hauptmännin ist gewesen Frau Hex, oben genannten Königs teuere Gemahlin, soll eine große Ärztin gewesen sein, davon man noch die alten Zauberinnen Hexen nennt.«
Auffallend ist, daß der Beginn der Hexenverfolgung zeitlich mit der allmählichen Verdrängung der Frau aus der Heilkunst zusammenfällt. Es gibt mehrere Gründe, warum die Medizin den Frauen nach und nach aus den Händen genommen wurde. Ein Grund war sicherlich politischer Natur. Durch Seuchen und Kriege wurden damals ganze Landstriche entvölkert. Bei den weisen Frauen aber umfaßte die medizinische Praxis außer fruchtbarma-

chenden Behandlungen und Liebeszauber auch die Empfängnisverhütung und Schwangerschaftsabbruch. Dies führte zum Konflikt mit den Herrschenden, die zur Aufrechterhaltung ihrer Macht stetigen Nachwuchs forderten.
Das Zurückdrängen des Weiblich-Intuitiven und dessen Dämonisierung führte schließlich dazu, daß lediglich Symptome von männlichen Ärzten kuriert wurden, der Mensch als Ganzheit von Körper und Seele nicht mehr erkannt wurde. Der Intellekt begann die Gefühlskräfte zu verdrängen. Die gleichzeitig einsetzende Hexenverfolgung war eine Kampagne der von Männern beherrschten Kirche gegen das weibliche Geschlecht. Alle sexuellen Regungen, die als sündig galten, im Unterbewußtsein aber als lockende, unerfüllte Wünsche weiterlebten, wurden nun in die Hexenvorstellungen hineingelegt, in welchen die Phantasie ihre Orgien ungehemmt ausleben konnte.

Der Geister- und Zauberglaube ist historisch und philosophisch tief begründet. Bevor die christliche Kirche das Vorhandensein des Hexenwesens in ihren Glaubenskatalog aufnahm, vertrat sie einen ganz und gar entgegengesetzten Standpunkt. Strafwürdig war es bis zum 13. Jahrhundert, an die Existenz der Hexen zu glauben, war dieser Glaube doch eindeutig heidnischen Ursprungs. In den Volkserzählungen und der Volksphantasie aber lebte trotz aller Verbote weiterhin der Glaube an zauberische Fähigkeiten der weisen Frauen.
Bei Bischof *Burchard von Worms* im 11. Jahrhundert heißt es dazu u. a.: »... Hast du je geglaubt oder teilgehabt mit jenen, die sagen, sie könnten durch Verzauberung Wetter machen oder die Gesinnung der Menschen bewegen? Hast du je geglaubt oder teilgehabt an jenem Wahn, daß ein Weib fähig sei, vermittelst gewisser Zaubereien und Beschwörungen die Gesinnung der Menschen, so Haß in

Liebe oder Liebe in Haß zu verwandeln? Oder die Güter der Menschen durch ihre Blendwerke zu rauben vermögen? Wenn du dies geglaubt oder daran teilgenommen hast, hast du ein Jahr Buße zu tun.«
Schon zwei Jahrhunderte zuvor stehen im Kapitulare *Karls des Großen* folgende Worte: »Wenn jemand vom Teufel verblendet nach Art der Heiden glaubt, daß ein Mann oder eine Frau eine Hexe sei und Menschen verzehre, und wenn er sie deshalb verbrennt und ihr Fleisch zum Aufessen hingibt, so soll er mit dem Tode bestraft werden.«

Geradezu aufklärerisch muten uns diese Worte *Burchards* und diese Verfügung Karls des Großen heute an, wissen wir doch, daß dieselbe Kirche den Glauben an Hexen im 15. Jahrhundert nicht nur sanktionierte, sondern auch die Hexenverfolgung und ihre Vernichtung auf ihre Fahnen schrieb. Magische Kräfte und Heilkunde, spirituelle Gaben und stolzes und freies Verhalten bei Frauen wurden einer Verbindung mit dem Teufel zugeschrieben. Verhängnisvoll wirkte sich vor allem aus, daß die Kirchenmänner es sich angelegen sein ließen, die im Volke umgehenden Phantasien mit allem theologischen Scharfsinn zu begründen. Geradezu katastrophale Folgen aber hatte es, als diese scholastischen Schriften durch die Bulle Papst *Innozenz' des VIII.* im Jahre 1484 den kirchlichen Segen erhielten. Diese päpstliche Bulle legitimierte offiziell den Hexenglauben.
Der ›Hexenhammer‹, ein Buch, das zwei deutsche Dominikaner im Jahre 1487 veröffentlichten, galt im römisch-katholischen Europa als Grundlage der Hexenprozesse. In diesem »Machwerk«, wie es 1784 der aufgeklärte Pastor *Johann Moritz Schwager* betitelt, wurde ein gültiges System von Hexereivorwürfen und Prozeßordnungen entwickelt. Dort heißt es u. a.: »Also schlecht ist das Weib von Natur, da es schneller am Glauben zweifelt, was die

Grundlage für die Hexerei ist.« Als weiterer Grund, warum die Frauen nach Meinung der Inquisitoren leichter der Hexerei verfallen, wird angeführt: »Weil es (das Weib) fleischlicher gesinnt ist als der Mann und weil es nur ein unvollkommenes Tier ist...« Der Mann wird dagegen als zu einem edlen Geschlecht zugehörig charakterisiert, aus dessen Mitte Jesus selbst hervorgegangen sei.

Die Kirche setzte die Inquisition nicht mehr allein gegen Ketzer, sondern auch gegen Hexen ein. Im deutschsprachigen Raum und in der heutigen Schweiz wurde die Hexenjagd am intensivsten betrieben.

Wer in die Mühlen der Inquisition geriet, konnte ihr nicht mehr entrinnen. Die Schuld der Delinquentinnen stand von vornherein fest. Man wollte aber die Namen von »Mitschuldigen« erfahren. Unter Anwendung der Folter erpreßte man Geständnisse und erhielt auf diese Weise die Namen neuer Opfer. Die unmenschlichen Torturen, denen die Frauen ausgesetzt wurden, übersteigt jedes Maß der Vorstellungskraft. »Ohne die Folter wäre der Hexenprozeß niemals das geworden, als das er in der Geschichte der Menschheit dasteht«, schreibt *Soldan-Hoppe* in seinem Werk ›Geschichte der Hexenprozesse‹. Es half den Frauen nichts, wenn sie die Geständnisse, die sie unter Folterqualen, also in unzurechnungsfähigem Zustand, ablegten, später widerriefen. Sie galten als überführt.

Nur wenigen der als Hexen gefangengenommenen Frauen gelang es, sich von der Tortur zu befreien und wieder als »ehrliches Mensch« angesehen zu werden. Meist geschah dergleichen nur auf Grund der List der betreffenden Frau. So wurde z. B. eine Frau in Maienfeld (Graubünden) unter der Folter nach ihren Mithexen befragt, worauf sie dem vernehmendem Landvogt Heinrich von Schauenstein ins Ohr flüsterte: »Die gestrenge Frau Landvögtin ist die ärgste unter uns.« Diese Worte bewirkten ihre Freilassung unter dem Siegel der Verschwiegenheit.

Mit der Reformation wurde der Hexenverfolgung keineswegs Einhalt geboten, wie man hätte erwarten können. Der Hexenwahn erreichte in nachreformatorischer Zeit sogar seinen Höhepunkt. Auch *Luther* selbst hat nicht mit dem Hexenglauben gebrochen, im Gegenteil: Er unterstützte sogar die Vernichtung der »Teufelshuren«.

Die Angst vor Hexen, an deren Realität man glaubte, war sicherlich vorhanden und allgemein verbreitet. Diese Angst wurde aber von seiten des Klerus derart geschürt, daß keine Frau mehr, sei es, weil sie besonders schön, besonders häßlich, rothaarig, besonders alt oder besonders klug war, ihres Lebens sicher sein konnte. Auch Warzen galten als typische Erkennungszeichen für Hexen, ebenso wie Muttermale und Leberflecken. War eine Frau gar der lateinischen Sprache mächtig, so machte sie sich in höchstem Grade verdächtig, da die klassische Bildung den Frauen nicht zustand. Schließlich ging die Hexenjagd so weit, daß in manchen Dörfern nur noch zwei Frauen als Überlebende aus den Hexenprozessen hervorgingen.

Da regte sich endlich aus beiden Kirchen Widerstand gegen die Praxis der Hexenverfolgung. Aber dennoch galt ein Leugnen der Hexerei als Ketzerei und wurde mit dem Tode bestraft. Es war also außerordentlich gefährlich, sich öffentlich gegen den Hexenwahn auszusprechen.

In Disentis, im Bündner Oberland, brannten die Scheiterhaufen unausgesetzt, und es drohte die Ausrottung der Frauen. Dort trat der humane, aufgeklärte Fürstabt *Adalbert II. von Medel a Castelberg*, der in den Jahren 1655 bis 1696 regierte, entschieden diesem Wahnsinn entgegen. Er wurde daraufhin beim päpstlichen Nuntius als Schwarzkünstler verklagt. Lediglich dem Einfluß des Benediktinerordens war es zu verdanken, daß man nicht Hand an ihn legte. Der Jesuit *Tanner* erklärte, daß die von den »Hexen« während der Folter gemachten Geständnisse von Sinnestäuschungen herrührten. Für diese Aussage geriet er in

große Bedrängnis. Der protestantische Geistliche *Johannes Greve* schrieb das erste Buch gegen die Anwendung der Folter, die ja das wichtigste Instrument und Druckmittel der Inquisition war. *Johannes Matthias Mayfort* erhob mahnend und warnend seine Stimme gegen diesen Wahnwitz: »Ihr müßt dermaleinst Rechenschaft geben von jedem Worte, das da geboten: zu fahen, zu geißeln, zu köpfen und zu brennen, von jedem Hohne, mit welchem ihr der armen Gepeinigten gespottet, von jeder Träne, die sie ausgeweint, von jedem Tropfen, den sie ausgeblutet.«
Vor allem aber darf der Jesuit *Friedrich Spee* nicht vergessen werden, der mit aller seiner Kraft, mit ganzer Seele gegen den Hexenwahn vorging. Schon in jungen Jahren war er ergraut und gab dafür als Grund an, daß das Unwesen der Hexenverfolgung ihm derart zu schaffen gemacht habe. Spee hat als Beichtvater der festgenommenen Frauen Unsägliches gelitten: »Gott weiß, wieviel ich aus innerstem Herzen geseufzt, wenn ich dies in schlaflosen Nächten bei mir erwog und kein Mittel fand, den Strom des allgemeinen Wahns einzudämmen.«
Obwohl er von seiten seines Ordens viele Schwierigkeiten erdulden mußte, schrieb er das ›Gewissensbuch‹ über die Hexenprozesse, das zusammen mit dem Buch des evangelischen Pastors *Balthasar Bekker* ›Bezauberte Welt‹ bahnbrechende Wirkung und großes Aufsehen erregte. Bekker mußte sein mutiges Eintreten für die geschundenen Frauen mit dem Verlust seiner beruflichen Existenz bezahlen.
An dieser Stelle muß erwähnt werden, daß die griechisch- und die russisch-orthodoxe Kirche keine Hexenverfolgung kannte. Dort tritt die Hexe in den Märchen auch meist als polare Figur auf. Besonders die Baba-Jaga der russischen Märchen wird als dunkle, strafende und verschlingende Gestalt, aber auch als Helferin und Beschützerin dargestellt.

Um der Vielschichtigkeit des Hexenbildes, wie es uns im Märchen begegnet, annähernd gerecht zu werden, habe ich diese Sammlung in drei Kapitel unterteilt.

Die Vernichtende und die Bedrohende

Diese Märchen zeigen das einseitige Bild der Hexe als einer bedrohlichen Gestalt. Es ist das Bild, das im Zuge der Hexenverfolgung am stärksten im Gedächtnis der Menschen haften blieb. Durch die Verteufelung der großen Muttergottheiten und ihrer Priesterinnen blieb als letzter Eindruck der Hexe dieses Negativbild.

Die Hexe in dem estnischen Märchen ›Die Goldspinnerinnen‹ erinnert noch an den Dunkelaspekt der Schicksalsfrauen. Hier taucht auch die Neunzahl, eine Zahl, die den Hexen zugeschrieben wurde, auf: Das Verderben bringende Zauberbüschel enthält neun Kräuter. Daß die Neun eine Hexenzahl wurde und in vielen Märchen wiederkehrt, hat mythologische Wurzeln. Odin hing, Weisheit suchend, neun Tage lang im »windigen« Baum. Erst dann wurden seine Zauberkräfte wirksam. Neun Winter wuchsen die Riesinnen *Fenja* und *Menja,* die die Schicksalsmühlen drehten. Im ›Helgilied‹ gibt es dreimal neun Walküren. Bei der Orakelstätte zu Delphi fanden die großen Opfer alle neun Jahre statt. Auch bei den Germanen wurden die großen Opfer zu Upsala nur in jedem neunten Jahr gefeiert, und zwar neun Tage lang und jeden Tag neun Opfer. Die Zahl Neun galt auch als Glücks- und Fruchtbarkeitszahl.

In diesem Märchen tritt der Rabe als weiser, hilfreicher Vogel auf. Die jüngste Hexentochter versteht dessen Sprache und bezeichnet ihn als Lichtvogel. Der Rabe ist der Frau Holle, also der Großen Mutter, zugeordnet. Die Walküren Odins können als Raben, d. h. als Todesboten, auftreten. Sie erscheinen aber auch als wissend und wahrsagekräftig. In Märchen gelten Raben sowohl helfend und beratend als auch Unglück bringend. Sie sind ebenso ambivalent wie ihre Herrin, die große Muttergottheit.* Außerdem ist ein zentrales Bild dieses Märchens das Bild der am Spinnrocken sitzenden Frauen. Es erinnert an die alten Schicksalsgöttinnen, die den Lebensfaden spinnen.

Ein uraltes mythisches Motiv findet sich in der Sage von der Haselhexe, die im ganzen Alpenraum verbreitet ist. Das Zerlegen und richtige Anordnen der Knochen des Getöteten ist in der griechischen Pelops-Sage sowie in der germanischen Sage von Thors Böcken enthalten. Auch schamanistische Züge lassen sich erkennen.

›Die alte Hexe‹ ist ein englisches Märchen mit dem Frau-Holle-Motiv. Anders als in der Fassung der Brüder Grimm wird sie hier nur strafend dargestellt.

In dem italienischen Märchen ›Die Granatäpfel‹ kommt noch die Magierin der Antike zum Vorschein, die über diejenigen, die gegen göttliche Gesetze verstoßen, einen Fluch verhängt.

Das französische Märchen ›Die sieben Hexen‹ zeigt deutlich, wie verdrängte Sexualität zum Ausbruch kommen kann. Die sieben stolzen und schönen Frauen zeigen ein freies erotisches Verhalten und werden deshalb zu Hexen erklärt.

Ein erschütterndes Beispiel der Hexenverfolgung ist das letzte Märchen dieses Kapitels: Die Quatembernacht. Frauen, die alt und etwas sonderbar waren, konnte man zur Hexe erklären, sie vernichten und guten Gewissens ihren Reichtum vereinnahmen.

* Sigrid Früh: Europäische Frauenmärchen. Fischer Taschenbuch (Bd. 13369)

In der Antike unterschied man stets zwischen weißer und schwarzer Magie, wobei die weiße Magie eingesetzt wurde, um Kranke zu heilen und Gefahren abzuwenden. In ›Goldmariken und Goldfeder‹ ist mit der Heldin eine hilfreiche, positive Hexengestalt geschildert. Wie *Medea* beherrscht sie die »magische Flucht«, und durch ihre Zauberkünste hilft sie dem Geliebten und rettet ihn aus allen Nöten und Gefahren.
Die Zauberin in ›Die drei Spiegel der Zauberin‹ bietet noch auf dem Totenbett ihre magischen Kräfte auf, um dem Königssohn zu helfen. So groß ist ihre Macht, daß sie selbst den Lauf der Gestirne beeinflussen kann.
In ›Elena die Weise‹ und in ›Kater Johann‹ gibt die Hexe ihr Wissen an andere Eingeweihte weiter. Das Märchen vom ›Kater Johann‹ ist außerdem ein weiteres Beispiel, wie die weise Frau als Priesterin der Großen Mutter Schwachen und Bedrängten Hilfe gewährt.
In den Texten ›Die weißen Vögel vom Arpsee‹, ›Die geraubte Königstochter‹ und ›Die Spinnerin‹ stehen jeweils alte, heilkundige und weise Frauen den Heldinnen und Helden bei.
Die Hexen in ›Die schöne Angiola‹ haben zwar ihre dunklen und gefürchteten Seiten, zuletzt aber geben sie sich doch hilfreich und helfen den Märchenhelden aus dem Unglück. In der ›schönen Angiola‹ ist das Rapunzelmotiv erkennbar, das aus dem Mittelmeerraum kommt. Die Hexe tritt als kräuterkundige Hüterin des heiligen Bezirks auf, die in späteren Zeiten zur Kräuterhexe herabsank.
Wie groß das Wissen und die Macht der heidnischen Priesterinnen war und welche Verehrung sie beim Volk genossen, mag folgende schwäbische Sage deutlich machen: »Zwischen Möhringen und Tuttlingen ist ein Tälchen,

Heiligentäle geheißen. Dort, gar nicht weit vom Duttental, wo die Duttfee oder Dupfer hauste, hielten sich vor alten Zeiten zwei, andere sagen drei, Heidinnen auf, die die Zauberei verstanden. Die drei Frauen hatten drei wunderschöne Schimmel, die den ganzen Tag weiden und nicht ackern und nichts ziehen durften. Zu den Frauen kamen die Leute von weiter Ferne her, wenn ihnen oder ihrem Vieh etwas fehlte, und holten Heilsames. Ein Tröpflein aus einem Gütterchen verhalf von der Hexerei. Andere Tröpflein ließen die Tiersprache verstehen. Wieder andere machten, daß man Diebe und Übeltäter sah und erkannte ...«

Mythische Gestalten

Die Magierin war das Verbindungsglied zwischen den Göttern und den Menschen. Oft spiegelten sich die Götter selbst in der Magierin und Hexe wider und gaben durch deren Mund ihren Willen kund. Daß die Hexen vielfach mit den Gottheiten auf eine Stufe gestellt wurden, zeigt ein angelsächsisches Beschwörungslied, mit dem Kranke von ihren Schmerzen befreit werden sollten:

Wenn es sei der Asen Geschoß
oder der Elbe Geschoß
oder der Hexen Geschoß
nun will ich dir helfen.

Auch heute noch werden plötzlich auftretende Gliederschmerzen im Volksmund als »Hexenschuß« bezeichnet. Die Orte, die man sich als Hexentanzplätze vorstellte, waren ursprünglich Kultstätten zur Verehrung der großen Muttergottheiten. Hier sei nur der Heuberg auf der Schwäbischen Alb oder der Brocken im Harz genannt. Was über die Plätze gesagt wurde, gilt in besonderem Maße auch für die Zeiten, an denen sich nach dem Volksglauben die Hexen bevorzugt zu versammeln pflegen. Es waren Opferfeste zu Ehren der Großen Mutter. Dabei handelt es sich um Fruchtbarkeitsrituale, verbunden mit ekstatischen Tänzen. Diese fanden vor allem in der Nacht zum ersten Mai (Walpurgisnacht) und in den zwölf Rauhnächten (24. Dezember bis 6. Januar) statt.

In der Sage von ›Sibylle auf der Teck‹ spiegelt sich sowohl die Seherin der Vorzeit wie auch die große Muttergottheit wider. Die Sibyllen genossen in Schwaben noch lange Verehrung. Deshalb konnte ein Künstler wie *Jörg Syrlin* noch im 15. Jahrhundert im Chorgestühl des Ulmer Münsters die Sibyllen darstellen. Sibylle auf der Teck fährt in einem von Katzen gezogenen Wagen, wie alle großen Muttergottheiten (z. B. Freya und Kybele). Katzen galten daher auch als Hexentiere. Sibylles Wagenspuren hinterließen einen Streifen fruchtbaren Landes. Tatsächlich ist der Pflanzenwuchs an dieser Stelle üppiger als auf dem umliegenden Gelände.

›Die Alfkönigin‹ verwandelt den Knecht jeweils in der Weihnachtsnacht in ein Pferd und reitet es, ein Motiv, das häufig in den Hexengeschichten auftaucht und versteckte Erotik zum Ausdruck bringt.

In dem Märchen ›Wassilissa, die Wunderschöne‹ erscheint die Gestalt der Baba Jaga in ihrer Ambivalenz. Einerseits ist sie bedrohend und vernichtend, doch der Heldin gegenüber zeigt sie sich trotz des Schreckens, den sie verbreitet, hilfreich.

Der Holunderbaum, der heilige Baum der Holda bzw. Holle, wurde im Zuge der Christianisierung dämonisiert und ist zum Hexenplatz herabgesunken.

Hexen verwandeln sich nach altem Volksglauben oft in Katzen. In der Südtiroler Sage vom Holunderbaum ist noch diese uralte mythische Wurzel erkennbar: Die sprechende Katze vertritt hier noch die gerechte und mahnende Gottheit.

Den Schluß bildet ›Die Gänsehirtin am Brunnen‹, ein Märchen der Brüder Grimm. In der Alten, »von der die Leute glauben, daß sie eine Hexe sei«, zeigt sich noch einmal sehr deutlich das Bild der weiblichen Gottheiten.
Es war mir wichtig, in dieser Sammlung auch Märchen, die das positive Bild der Hexen und weisen Frauen bewahrt haben, vorzustellen.

An dieser Stelle danke ich allen, die zum Gelingen dieses Buches beigetragen haben: Wolfgang Schultze in Achern, der mir seine umfangreiche antiquarische Bibliothek zur Benutzung überließ, meiner Freundin Renate Schaal und Paul Walch für ihre Hilfe, besonders aber Marlies Hörger für Sammel- und Übersetzungsarbeiten. Vor allem danke ich meinem Mann Helmut, der für meine Arbeit sehr viel Verständnis aufbrachte.

Sigrid Früh

Quellenverzeichnis

✳✳✳✳✳✳✳

Die Vernichtende und die Bedrohende

Die Goldspinnerinnen
Friedrich Kreutzwald: Estnische Märchen, übersetzt von F. Löwe, Halle 1869. Neu erzählt von Sigrid Früh

Die Granatäpfel
Paul Heyse: Italienische Volksmärchen, München 1904

Die Haselhexe
Ignaz Vinzenz Zingerle: Sagen aus Tirol, Innsbruck 1891

Die schöne Hexentochter
Aufgezeichnet von Bérenger Feraud: La Tradition, 1890. Aus dem Französischen übersetzt von Marlies Hörger

Die sieben Hexen
Aufgezeichnet in der Umgebung von Montpellier, La Tradition, 1887. Aus dem Französischen übersetzt von Marlies Hörger

Die alte Hexe
Joseph Jacobs: More English fairy tales, London 1894. Aus dem Englischen übersetzt und bearbeitet von Marlies Hörger

Die Quatembernacht
J. F. Bladé: Contes populaires de la Gascogne, Paris 1886. Aus dem Französischen übersetzt von Marlies Hörger

Die Helfende und die Heilkundige

Die Retterin
Aufgezeichnet von Marlies Hörger, die dieses Märchen von einer italienischen Gastarbeiterin hörte

Goldmariken und Goldfeder
Karl Müllenhoff: Sagen und Märchen der Herzogtümer Schleswig, Holstein und Lauenburg, Schleswig 1843

Die Hexe und ihr Ehemann
E. Grierson: The Scottish Fairy Book, London 1910. Aus dem Englischen übersetzt und bearbeitet von Marlies Hörger und Sigrid Früh

Der Kater Johann
Ulrich Jahn: Volksmärchen aus Pommern und Rügen, Norden und Leipzig 1891

Die drei Spiegel der Zauberin
Dieses Märchen wurde der Herausgeberin während des Kongresses der Europäischen Märchengesellschaft 1982 von einer flämischen Teilnehmerin erzählt

Elena die Weise
Aus der Sammlung Alexander N. Afanasjew: Narodnye russkie skazki, Moskau 1861. Aus dem Russischen übersetzt von Paul Walch

Die weißen Vögel vom Arpsee
Johannes Jegerlehner: Volksmärchen aus den Walliser Bergen, Basel 1917

Die geraubte Königstochter
Theodor Vernaleken: Kinder- und Hausmärchen in den Alpenländern, Wien, Leipzig 1896

Die Spinnerin
Alfred Cérésole: Legendes des Alpes vaudoises, Lausanne 1885. Aus dem Französischen übersetzt von Marlies Hörger

Von der schönen Angiola
Laura Gonzenbach: Sicilianische Märchen, Leipzig 1870

Mythische Gestalten

Sibylle auf der Teck
Ernst Meier: Deutsche Sagen, Sitten und Gebräuche aus Schwaben, Stuttgart 1852

Die Alfkönigin
Age Avenstrup und Elisabeth Treitel: Isländische Märchen und Volkssagen, Berlin o. J.

Jungfer Lene von Söndervand
Svend Grundtvig: Volksmärchen der Dänen. Übersetzt von A. Strodtmann, Stuttgart 1910

Wassilissa, die Wunderschöne
Aus der Sammlung Alexander N. Afanasjew: Narodnye russkie skazki, Moskau 1861. Aus dem Russischen übersetzt von Paul Walch

Der Tontlawald
Friedrich Kreutzwald: Estnische Märchen, übersetzt von F. Löwe, Halle 1869. Neu erzählt von Sigrid Früh

Beim Holunderbaum
Hans Fink: Volkserzählungen aus Südtirol, Münster 1969, mit freundlicher Genehmigung der Europäischen Märchengesellschaft

Die Gänsehirtin am Brunnen
Kinder- und Hausmärchen der Brüder Grimm, Ausgabe letzter Hand, Göttingen 1857

Märchen

Herausgegeben von Sigrid Früh

Märchen von Drachen
Band 11380

Märchen von Hexen und weisen Frauen
Band 13363

Europäische Frauenmärchen
Band 13369

Märchenreise durch Deutschland
Band 13362

Märchenreise durch Europa
Band 12198

Russische Zaubermärchen
Herausgegeben von Sigrid Früh und Paul Walch
Band 12557

Märchen von Müttern und Töchtern
Herausgegeben von Ulrike Krawczyk und Sigrid Früh
Band 13368

Märchen von Teufeln
Herausgegeben von Wilhelm Solms und Sigrid Früh
Band 12219

Märchen aus der Schweiz
Herausgegeben von Sigrid Früh und Götz E. Hübner
Band 11939

Fischer Taschenbuch Verlag

fi 1161 / 10